DONALD SMITH is a storyteller, n
founding Director of the Scottish
also a founder of the National Th
he campaigned over a decade. Smit... non-fiction includes four
books, co-authored with Stuart McHardy, in the Luath Press 'Journeys and Evocations' series, *Freedom and Faith* on the Independence debate, and *Pilgrim Guide to Scotland* which recovers the nation's sacred geography. Donald Smith has written a series of novels, most recently *Flora McIvor*. He is currently Director of Traditional Arts and Culture Scotland.

ANNALISA SALIS, originally from Sardinia, has been based in Scotland for the last ten years. She has been drawing and painting since she can remember, developing her artistic practice along the years. Expressing a sense of place is at the core of her current work, including the series of illustrations for *Wee Folk Tales* and *Storie di terra*, a playful visual ceilidh of Scottish fairy tales and Sardinian contos.

Wee Folk Tales
in Scots

DONALD SMITH

with illustrations by

ANNALISA SALIS

Luath Press Limited

EDINBURGH

www.luath.co.uk

First published 2018
Reprinted 2019

ISBN: 978-1-910745-62-5

The paper used in this book is recyclable. It is made
from low chlorine pulps produced in a low energy,
low emission manner from renewable forests.

Printed and bound by Bell & Bain Ltd, Glasgow

Typeset in 12 point Sabon by Main Point Books, Edinburgh

For Robbie and Isla

Contents

Introduction

THESE STORIES ARE about the wee folk of Scotland. I am telling them afresh for everyone including today's wee people. Please though, do not at any price use the 'f' word. The wee folk cannot abide the term 'fairies' and those little ones are ill to cross. Once they ruled over our land as gods, and flaunted their powers in a time of heroes and sheroes. Moreover they inhabited places where our earliest ancestors dwelled, and maybe still dwell.

Always say 'the wee folk', 'the little people', or, even more soothing, 'the gentle kind' and 'the people of peace'. Remember that they can be very helpful or take offence, as these stories show.

Also, you will discover that the so-called little people come in many shapes and sizes. They may be broonies, selkies, mermaids, elves, gods or giants! We should not stereotype those who come 'from the other side' any more than our own kind. The stories keep us right on issues of equality and diversity, amongst much else.

Such creatures belong to the fertile underworld of our imaginations. They connect us to the earth in a pact of wonder. People who are not told these stories are shaping up to be deprived. I should know, for at one time I was amongst their number.

The three women who teach us most about these stories, and show us how they should be told, have all passed on, but their voices still live. The first is Nurse Jenny of Hoddom whose folktale artistry was recounted by Charles Kirkpatrick Sharpe in the 19th century, and recorded by Robert Chambers in his *Popular Rhymes and Traditions of Scotland* for future generations. The second is Hannah Aitken in the 20th century whose book *A Forgotten Heritage: Original Folktales of Lowland Scotland* first won me to the magic of these stories. Thirdly, Norah Montgomerie, also in the 20th century, working with her husband William, deserves huge credit for recirculating classic versions of these stories, albeit not in their native Scots.

For more than three decades I have been privileged to listen to traditional storytellers from all over Scotland telling their own versions of these stories, constantly showing that the tales spring from a rich and still enlivening source. I can hear among others the voices of Willie McPhee, Betsy Whyte, Sheila Stewart, Duncan Williamson, Seoras Macpherson, Jess Smith, Tom Muir, Lawrence

Tulloch, Stanley Robertson, Ewan McVicar, Senga Munro, David Campbell and a next generation of younger storytellers all casting their spell. Now you have to keep the tales alive as well, by telling them in your own way.

Why Scots? you may ask. Well, read on. If you cannot figure that out for yourself there is no point me trying to explain. There are also Gaelic versions of many of these tales and they are equally to be celebrated and commended. But for me Scots is the strand of our 'three-tongued' Scotland that unites heart, hand and head.

Many thanks to the audiences who have affirmed the telling of these stories, and to Catriona Lucas and her colleagues at Education Scotland who finally pushed me into writing as I would tell them aloud, in Scots. Many thanks also to Annalisa Salis for her perfectly pitched illustrations and for making connections with stories from her native Sardinia. Please enjoy the wee folk tales and share them in the ways that are natural to you. For as the stories show, whatever thwarts that which is natural cannot give pleasure.

Donald Smith
March 2018

The Wal at the Warld's End

THERE WIS A bonnie lassie aince an her faither wis the King. But her mither wis deid an her faither had anither wife who wis noo the Queen. An they had anither dochter. Sae the twa lassies were hauf-sisters.

Noo the first lassie wis aye cheerie as the day wis lang, smiling an crackin an helpin aabody she fell in wi. But the second lassie wis a moanin minnie, glumphin an girnin at aathing. She ne'er pit her haun oot tae help onybody, fur efter aa wis she no the Princess?

Her mither the Queen couldna abide the King's ain dochter. She thocht her ower bonnie when seen aside her ain greetin faced bairn. Sae she grippit the lass an says, 'Awa wi this flask tae the wal at the warld's end. Your faither's nae weill an he needs water frae thon well an nae ither.'

Sae aff the lassie gangs an by-an-by she comes tae a yett an a wee pony tetherit tae it. Sae she claps the wee pony, an it blinks an ee an says:

'Free me, free me,
my bonnie lass,
For I hae been tied
seiven years an a day.'

'Of course I'll free you,' says the lass, an she loosed the rope.

'Noo climb up oan my back, an I'll tak you tae the daurk wood.'

Sae up the lassie lowps an aff they gang thegither, clip clop, clippity clop, up the road an ower a muir o thorns an brambles till they cam tae a waa an ahint it the daurk wood whaur the pony bowed its heid.

The lassie climbs doun noo an sterts intae the wood. Oan an oan she gangs till she finds a clearin an in it a a rickle o stanes an in it the wal.

Aye but it's daurk an deep an dank. *Hoo* kin she fill her flask?

She's peerin doun an spies three mossy stanes whan in the blink o an ee the stanes jumpit. They were three wee bauldy heids an they said aathegither:

'Wash us, wash us
My bonny lass

An rub us dry
Wi your linen pinny.'

'Aye, of course, I'll wash you,' says the lassie, an she raxed doun tae wipe them clean an buff up their wee heids wi her apron.

The wee men were three brithers, keepers o the wal, an they raxed up for the lassie's flask an filled it tae the tap wi clear, sparklin water frae the deeps.

'Wish, brither, whit dae ye wish?'

'I wish if the lassie were bonnie afore she'll be three times bonnier noo.'

'Wish, brither, whit dae ye wish?'

'I wish ilka time the lassie sheds her hair tae the richt a puckle gowd will faa oot, an when she sheds tae the left a puckle siller.'

'Wish, brither, whit dae ye wish?'

'I wish ilka time the lassie opens her mooth tae speak, rubies an pearls an diamants will tummle oot.'

An the lassie says thank-you an fareweill, an awa she gangs wi her flask through the wood tae the waa, an up she lowps oan the wee pony an aff they gang clip clop, clippitty clop, ower the muir o thorns an brambles. An she leaves the wee pony at the yett an gangs hame tae gie her faither the water frae the wal at the warld's end.

An wis the Queen her stepmither pleased to see her?

No a bit o it. So the besom gangs tae her ain dochter, an grippit her an yanks her oot o her bed.

'Up you get, ye gomeril. See whit your sister's brocht fur her faither. An ilka time she opens her gob jewels tummle oot. An ilka time she kaims her hair tae the richt it sheds gowd an ilka time tae the left siller. Tak this flask an shift yersel tae the wal at the warld's end, an dinnae be comin back here till ye can better that ill favoured get o a lassie.'

Sae aff the lassie gangs an by-an-by she comes tae a yett an a wee pony wis tetherit tae it.

An the wee pony blinks an ee an says:

> 'Free me, free me,
> my bonnie lass,
> For I hae been tied
> seiven years an a day.'

'Wha dae ye think I am?' says the lass, 'I'm the Princess no a stable loun. Onyroads, Ah dinnae ken onything aboot knots.'

An awa she flouncit up the road an ower the muir of thorns an brambles till she wis scartit an torn tae bits like a tattie-bogle.

Sae at the last, greetin an girnin, she cams tae a waa an ahint it wis the daurk wood.

The lassie sterts intae the wood. Oan an oan she

gangs till she finds a clearin an in it a a rickle o stanes an in it the wal.

Aye but it's daurk an deep an dank. *Hoo* kin she fill her flask?

She's peerin doun an spies three mossy stanes whan in the blink o an ee the stanes jumpit. They were three wee bauldy heids an they said aa thegither:

> 'Wash us, wash us
> My bonny lass
> An rub us dry
> Wi your linen pinny.'

'Who dae ye think I am?' says the lassie, 'I'm the Princess. Its no my joab tae wash yer mankie wee heids. See here, fill my flask fou o clear water an be quick aboot it.' An she raxed doun her flask. An the wee brithers, who were keepers o the wal, pit in a three draps o slimy water.

'Wish, brither, whit dae ye wish?'

'I wish if the lassie were horrible afore she'll be three times mair horrible noo.'

'Wish, brither, whit dae ye wish?'

'I wish ilka time the lassie sheds her hair tae the richt a puckle fleas will faa oot, an when she sheds tae the left a puckle nits.'

'Wish, brither, whit dae ye wish?'

'I wish ilka time the lassie opens her mooth tae speak, toads an puddocks will lowp oot.'

An the lassie curses the wee men, an awa she gangs wi her flask through the wood tae the waa, an ower the muir o thorns an brambles, greetin an girnin till she wins hame.

Sae wis the Queen her stepmither pleased to see her? No a bit o it. No wi her three slimy draps o water.

Noo all I kin say is that if the King's dochter wis blithe an bonnie afore she wis ten times happier noo. An the Queen's dochter wis ten times mair o a misery guts, an she made aabody she met miserable, no least her ain mither.

An that's my tale of the wal at the warl's end. May ye aye drink frae its clear, sparkling water, an be contentit aa yer days.

Jack an Jock

AINCE THERE WIS a laddie caad Jack. An yin day he says tae his mither, 'Mither, I'm awa tae find ma fortune.'

'Weill,' says his mither, 'awa doun wi ye first tae the burn an tak the sieve tae fetch some water. Wi muckle water I'll mak a muckle bannock tae gang wi ye, an wi mickle water I'll mak a wee bannock.'

Sae Jack taks the sieve an gangs doun tae the burn. Noo a wee birdie wis sittin in a tree abune the well an it whustles tae Jack:

'Clog it wi moss
An clag it wi clay
Sae ye'll cairry
The water away.'

But Jack jist lauchs at the wee bird. 'Dinna be daft, birdie, I wisnae born yesterday,' says Jack. But the water rin thru his sieve an he ainly got a few draps hame. An his mither bakit him a wee smidgin o a bannock.

Sae aff Jack gangs tae win his fortune an he wisnae faur doun the road whan the wee birdie catches up wi him. 'Gie us a piece o yer bannock, an I'll gie you feathers frae ma wing tae mak yersel some bagpipes.'

'Dinna be daft, birdie, I wisnae born yesterday,' says Jack, 'it's your faut I've this wee bannock an there's nae a crumb for you tae gobble.'

Sae aff the birdie flew an Jack gane faur an farther gane till he cam tae the King's hoose an speired fur wark. 'Aye weill,' says the King,' an whit kin o wark kin ye dae, Jack?'

'Oh,' says Jack, 'I kin wash dishes, tak oot the ashes, an mind the coos.'

'Can ye mind hares?' says the King.

'Dinna ken,' mumbles Jack, 'but Ah'll gie it a try.'

'Well ye'll ken noo,' says the King, 'if ye bring aa the hares hame safe ye'll win ma dochter tae be yer bride. But if ye lose jist yin o those wee hares ye'll be hangit by the neck till deid.'

Sae onyroads Jacks sets oot tae the field herdin twenty-fower hares. An yin o the hares wis gammy-leggit, pair wee saul. But Jack wis stervin eftir eatin naething but a smidgin o bannock. Sae he wrings the

wee hare's neck – the gammy-leggit yin – an roasts it oan a fire. An he lickit its banes clean. Whan the ither twenty-thrie hares saw whit was happenin they aa rin awa.

An whan the King sees Jack comin back wi no a hare tae his name, Jack wis hingit by the neck till deid.

Aweill, Jack hid a wee brither caad Jock, back at his mither's hoose. An yin day he says tae his mither, 'Mither, I'm awa tae find ma fortune.'

'Weill,' says his mither, 'awa doun first wi ye tae the burn an tak the sieve tae fetch some water. Wi muckle water I'll mak a muckle bannock tae gang wi ye, an wi mickle water I'll mak a wee bannock.'

Sae Jock taks the sieve an gangs doun tae the burn.

Noo a wee birdie wis sittin in a tree abune the well an it whustles tae Jack:

'Clog it wi moss
An clag it wi clay
Sae ye'll cairry
The water away.'

Jock wis richt chuffit wi the wee bird.

'Ta, birdie, I didnae ken whit to dae,' says Jock, an he linit the sieve wi mud an moss. An he taks hame a muckle bowl o water an his mither maks him a muckle bannock tae tak awa wi him. Sae aff Jack gangs tae win his fortune an he wisnae faur doun the road whan the wee birdie catches up wi him. 'Gie us a piece o yer bannock, an I'll gie you feathers frae ma wing tae mak yersel some bagpipes.'

Jock wis richt chuffit wi the wee bird wha had helpit him win the muckle bannock. 'Ta, birdie, ah've aye wantit ma ain pipes.'

Sae the birdie gies Jock the feathers an awa it flew. An Jock, he gane faur an farther gane till he cam tae the King's hoose an speired fur wark. 'Aye weill,' says the King,' an whit kin o wark kin ye dae, Jock?'

'Oh,' says Jock, 'I kin wash dishes, tak oot the ashes, an mind the coos.'

'Can ye mind hares?' says the King.

'Dinna ken,' mumbles Jock, 'but Ah'll gie it a try.'

'Well ye'll ken noo,' says the King, 'If ye bring aa the hares hame safe ye'll win ma dochter tae be yer bride. But if ye lose jist yin o those wee hares ye'll be hangit the neck till deid.'

Sae onyroads Jock sets oot tae the field herdin twenty-fower hares. An yin o the hares wis gammy-leggit, pair wee saul, an Jock picks up the wee craitur aneath his oxter tae help it alang. Noo whan they cam tae the field Jock played oan his pies an aa the hares daunced roun him, even the wee gammy-leggit yin. At the hinnerend Jock tuik aa the hares hame, gently settin doun his wee gammy-leggit frien at the King's hoose.

An the King wis richt chuffit wi Jock. 'Ye've done weill, laddie, an ye can tak ma dochter tae mairry.'

'Whit if she dinnae likes me tae mairry?' says Jock tae the King. But at that moment a bonnie lassie cam doun the stairs hirplin wi a gammy leg. An she smilit at Jock an he kent there an then that she wis truly the lassie fur him.

Sae Jock mairriet the King's dochter. Aifter a wheen o years Jock became King, an as faur as I ken they are livin happy yet wi aa the lassie's dauncin hares.

The Wee Bannock

AINCE AN AULD mannie an an auld wifie bidit thegither in a bonnie wee cot hoose aside a burn. They didna hae muckle, forbye twa coos that gied them milk, five hens wha gied them warm broun eggs tae eat, a cock wha crawit ilka morn tae wauken the auld biddies, an a cat wha chasit moosies roun the hoose.

Yin day, aifter they had suppit their parritch in the morn, the auld wumman thocht tae hersel 'Wouldna a nice wee oatmeal bannock be the verra thing tae oor supper?'

Sae she taks her bowlie, mixit the meal, an maks twa fine wee bannocks. Neist she pit them oan a griddle ower the fire tae bake.

An whan they waur weill dune, an lyin toastin at

the hearth, the auld mannie cam in frae tendin tae the coos, an he sniffit the air.

'Aah, bannocks,' says he, 'an they smell scrumptious!'

Sae he taks up yin o the bannocks an braks it in twa, an he stertit tae chaw it an sook the bitties doun his thrapple.

The ither wee bannock sat up, an rubbit its een. Richt awa it tuik sair fricht at seein its wee frien disappearin intae the mannie's mooth, sae it jumpit doun ontae the flair, an rin oot o the hoose as fast as its wee bannock legs wud gae.

The auld wifie sees the wee bannock racin awa an rin aifter it, still haudin her knittin, but she wis an auld wumman an it was a verra souple young bannock. In the blink o an ee, it shot roun the corner o the hoose an wis gane oot o sicht.

The wee bannock wis fair chuffed wi itsel an yellit oot:

'Ye'll no catch me,
Rin, rin as fast as ye can
I'm the fastest wee
Bannock in aa Scotlan.'

It rins an it ran til it cam tae a fine hoose wi a thatchit ruif, an in it gangs heidin fur the fireside. In the room waur three tailors, sittin cross-leggit oan a big table, an whan they saw the wee bannock scurryin ower the flair they let oot a scream, an ran ahint the tailor's wife lik chookies neath a mither hen.

'Och, you wimps,' said the tailor's wife, 'it's ainly a wee bannock cam tae warm itsel by oor fireside. Quick, catch it an we can hae it tae oor supper alang wi a sup o milk.'

Sae, the tailor an his twa laddies tried to catch the wee bannock, but it wis ower speedy fur them:

'Ye'll no catch me,
Rin, rin as fast as ye can
I'm the fastest wee
Bannock in aa Scotlan.'

The tailor hurlit an iron at it. Wan laddie tries tae hit oan the heid it wi a cuttin board an the ither tuik his scissors – Snip ! Snip! Snip! He wis tryin tae slice the wee bannock intae bits.

But the wee bannock weavit an dodgit ootside an awa:

'Ye'll no catch me,
Rin, rin as fast as ye can
I'm the fastest wee
Bannock in aa Scotlan.'

Noo, by the side of the road stood anither wee hoose, an the bannock rins in there to hide. There wis a weaver at his loom, weavin cloth, while his wife was windin a hank o wool.

'Tibby, ma luve,' says the weaver, 'whit wis thon?'

Wullie, ma dear,' says his wife, 'it's a fine wee bannock.'

'Than be quick, an grip it,' says the weaver, 'for thon parritch we had tae oor breakfast the morn wis gey thin an waatery.'

Sae the wumman cast her hank o wool at the bannock, an the weaver hurlit himself at the wee beastie, but it was ower speedie for them. It wis oot the door an up ower the hill like a newly clippit yowe!

'Ye'll no catch me,
Rin, rin as fast as ye can
I'm the fastest wee
Bannock in aa Scotlan.'

At the neist hoose, a wumman wis staunin churnin cream intae butter. She wis fair contentit when she saw the wee bannock comin. 'Cam awa ben, wee bannock! I hae some cream left ower an you'll be gey tastie wi a drap o cream an jeely.'

Sae she chasit the wee bannock round an aroun, til she near ower-topplit her churn. By the time she got a haud o it, aa she culd see wis the hinnerend of the wee bannock hurtlin oot the door:

'Ye'll no catch me,
Rin, rin as fast as ye can
I'm the fastest wee
Bannock in aa Scotlan.'

Doun the brae the wee bannock rin until it sees a mill, an the miller sees the wee bannock cam puffin through the door, an he smilit a muckle smile frae yin lug tae tither. 'Och me, whit a kintra we hae,' says the miller, 'wi sae muckle tae ait that wee bannocks are rinnin aroun wild. Cam by, wee yin, til I introduce you tae ma frien, Maister Crowdie! I am verra fond o cheese an bannocks, an am willin tae gie you a nice, warm place to sleep the nicht.'

An he rubbit his fat belly, an lickit his lips. But the wee bannock kent cheese wisnae a guid bedmate, an he didna trust the miller forbye, sae he turnit tail an rin oot o the mill an awa:

'Ye'll no catch me,
Rin, rin as fast as ye can
I'm the fastest wee
Bannock in aa Scotlan.'

Oan an oan the wee bannock rin til it cam tae a fermhoose wi a stack o peats by the waa. It ran in an up tae the fire to warm its wee taes an neb. By the fire a man was turnin the peats wi a poker while his wife was kaimin wool. 'Luik, Janet,' says the man, 'a wee bannock! I'll hae the hauf o it.'

'An I'll hae the ither hauf,' says his wife, 'Quick noo, an hit it wi the poker.'

The mannie swung the poker at the wee bannock, while his wife threw her kaim at it, but it was ower speedy for the baith o them. They chasit it round an around the hoose, but the wee bannock dodgit an weavit by them! It slippit atween the man's legs, an wis oot an awa wioot ony herm:

'Ye'll no catch me,
Rin, rin as fast as ye can
I'm the fastest wee
Bannock in aa Scotlan.'

It rins, puffin a wee noo, up a stream to the neist hoose, whaur a wumman wis stirrin a pot o parritch wi a spirtle. 'Jock! Jock!' she cries tae her husband, 'You're aye greetin fur a wee bannock, weill, yin's jist cam ben! Help me tae grip it.'

Big Jock cam lumberin in an they baith tried tae grab the wee bannock, but it was faur ower souple fur them. The wumman cast her spirtle at the wee bannock, while the man tried to catch it wi a rope but he didnae ken hoo to knot it richt, sae he tried tae thraw his bunnet ower it.

But the wee bannock wis as nifty as a fitba winger an the bunnet skimmed ower the tap of its heid an laundit in the fire. In the blink o an ee, the wee bannock wis oot the door an awa intae the gloamin:

'Ye'll no catch me,
Rin, rin as fast as ye can
I'm the fastest wee
Bannock in aa Scotlan.'

Whan the wee bannock cam tae the last hoose in the glen, the sun wis sinkin, an the auld man an the old woman wha bidit intilt were ready tae gang tae their bed. The auld man had jist pit aff his troosers an was staundin in his lang, woolly drawers, whan the wee bannock rin by him. 'Whit wis thon?' he speirit his wife. 'Dearie me, it's a wee bannock,' says she.

'I fair fancy a bite o that bannock,' the auld man says, 'fur ma bellie's rumblin.'

'Catch it,' yells the auld wumman, 'fur I fancy a piece an aa.'

The twa o them tuimblit ower the bed, while it rin roun them – it wis ower speedy. 'Thraw yer troosers ower the tap o it,' shouts the auld woman. Sae the auld man draps his troosers oan the tap o the wee bannock. The wee bannock lay there oan the flair, amaist chokit wi the reek o them. Than wi a wriggle an a twiggle, a twist an a turn, the wee bannock wrastlit oot frae aneath the smelly auld breeks. Oot the door he gangs an intae the nicht, leavin the auld man tumblit tapselteerie wi the auld wummn an his troosers:

'Ye'll no catch me,
Rin, rin as fast as ye can
I'm the fastest wee
Bannock in aa Scotlan.'

Noo it wis daurk, an the wee bannock thocht it wuld hae tae find a sauf neuk tae sleep for the nicht. Sae it slippit unner a whin buss tae a cosy bield. But richt there, unner the whins wis a muckle hole, sae the wee bannock went ben tae see whit micht be there.

Maister Tod sat oan his hunkers an watchit the wee bannock as it cam tae him. Fur, aye, it wis Tod's hame the wee bannock wis daunnerin intae. The Tod hadnae eaten fur twa days an he wis fell hungerit.

He smilit a muckle, toothy smile, an says, 'Cam awa ben, ma wee mannie, an richt weilcum!'

Than wi yin snap o his shairp teeth he bit the wee bannock in twa. An thon wis the feenish o the wee bannock.

Rashiecoat

RASHIECOAT WIS A King's dochter. Her mither the Queen wis deid an her faither wantit her to get mairriet. She didna fancy mairrying wan o her faither's aul friens. But he said she had tae, so she gangs tae the henwife, a kin o wise woman, an askit her whit she should dae.

An the hen-wife says to the lassie, 'Say ye winna hae the man till they gie ye a coat made oot o beaten gowd.'

But they made her a coat o beaten gowd an she didna like the man ony the better.

An the hen-wife says to the lassie, 'Say ye winna hae the man till they gie ye a coat made oot o feathers frae aa the birds in the air.'

But the King sent oot his men tae the fields wi haunfous o corn an they shoutit 'ilka ane tak up a grain an pit doun a feather, an the birds aa cam an puit doun a feather, till they had eueuch tae mak a coat o feathers frae aa the birds in the air. But she didna like the man ony the mair.

An the hen-wife says tae the lassie. 'Say ye winna hae the man till they gie ye a coat made of the rushes, aye an a pair o slippers.'

But they gaitherit rushes by the river an made her a coat of rushes, an slippers forbye. An then they caad her 'Rashiecoat'. But she didna like the man ony the mair for aa that.

'Ah canna help ye ony mair,' says the hen-wife, sae the lassie pit aa her coats intae a bundle an slippit awa frae her faither's hoose. An she gane faur an farther gane till she cam tae a castle an she speirit fur wark an they pit her tae the kitchen tae wash dishes an scrub flairs.

Noo it wis amaist Christmas time, an the Prince o the castle askit aabody tae a grand feast an ceilidh fur the Yule saison. An oan the nicht o the ceilidh they waur aa feastin an jiggin, but Rashiecoats wis washin an scourin in the kitchen.

Aa o a sudden, in the blink o an ee, this wee wumman, wrappit in a green shawlie, appears an says tae Rashiecoat, 'See, lassie, gie me the pots tae scrub. Pit oan yer coat o gowd an ging awa tae the ceilidh. But mind tae cam back afore midnicht.'

Weill the lassie wisna lang in heidin up the stairs gleamin in her gowden coat, an the Prince maks eyes at her an didna want tae daunce wi ony ither lassie the nicht lang. But whan the clock struck twal, Rashicoat slippit awa back dounstairs tae find aathing wis bricht an shiny like a new peen.

The Prince wis fair dumfounert as to whaur the lassie had gane an wha she wis. Sae he caas anither ceildih an askit aabody aince mair. An oan the nicht o the ceilidh they waur feastin an jiggin, but Rashiecoat wis washin an scourin in the kitchen.

Aa o a sudden, in the blink o an ee, the wee wumman, wrappit in a green shawlie, appears an says tae Rashiecoat, 'See, lassie, gie me the pots tae scrub. Pit oan yer coat o feathers an ging awa tae the ceilidh. But mind an cam back afore midnicht.'

Weill the lassie wisna lang in heidin up the stairs shimerin in her coat o feathers, an the Prince maks eyes at her an didna want tae daunce wi ony ither lassie the nicht lang. But whan the clock struck twal Rashicoat slippit awa back dounstairs tae find aathing wis bricht an shiny aince mair.

Noo the Prince wis bielin aathegither since naebody kent whar the lassie bidit or wha she wis. Sae at Hogmanay he caas the graundest ceilidh ivver wi fiddlers an pipers an tables groanin wi food. An oan the nicht o the ceilidh they waur aa feastin an jiggin, but Rashiecoat wis washin an scourin in the kitchen.

Aa o a sudden, in the blink o an ee, the wee wumman, wrappit in a green shawlie, appears an says tae Rashiecoat, 'See, lassie, gie me the pots tae scrub. Pit oan yer coat o rushes an yer slippers, an ging awa tae the ceilidh. But mind tae cam back afore midnicht.'

Weill the lassie wisna lang in heidin up the stairs even though her coat o rushes wis the plainest o the three. An richt eneuch the Prince maks eyes at her an didna want tae daunce wi ony ither lassie the nicht lang. An truth tae tell Rashiecoats couldna get eneuch o him an aa. An whan the clock struck twal Rashicoat wis still dauncin. Sae she stertit tae rin an the Prince rin efter, an he caught her fit wi his haun but she twistit awa leavin him ainly her slipper.

Weill whit a stramash cam neist wi proclamations an notices, that the lassie wha could pit her fit intae the slipper – an nae ither! – wud mairry the Prince. An they cam frae near an faur, but nane could get a fit intae the bonny wee slipper.

An the hen-wife cam – mind her that telt Rashicoat tae ask for aa the coats – wi her ain dochter. An the dochter had a muckle lumpy fit but the hen-wife taks a knife tae the pair lassie an scarts aff skin an flesh near tae the bane. An then she nippit an clippit till the bluidy fit squeezit intae the slipper. An the Prince wis fair dumfounert but he'd gien his wurd an had tae mairry the hen-wife's dochter.

An he taks the lassie up ahint him oan the back o his horse an he's ridin awa whan a wee birdie up in a tree sings tae him:

> 'Nippit fit, clippit fit
> Ahint the King's son rides
> But bonny fit, pretty fit
> Ahint the cauldron hides.'

Weill he didna need a second tellin. He pous aff the slipper an poors oot the bluid, flang the lassie aff the horse, an gallops back tae the Castle. An doun in his ain kitchen, he finds Rashicoat amang the pats an pans an cauldrons. It wis her an nae mistake.

An that same day they mairriet an had the biggest ceildh o them aa. An the Prince an Rashiecoat lived happily aa their days, an never wantit for love nor meal.

Monday, Tuesday

TWA AULD MEN waur leevin in the same green glen. Tane bidit at yin side o the glen, tither oan the ither side. Noo baith auld fellas waur bent double frae a lifetime o haurd wark – aa twistit an humpie-backit wi the rheumatics.

Hoosoever, that wis aa the twa auld men had in common. Tane auld fella was bowed an humpiebackit on his left side an tither oan his richt. Forbye, the twa auld men waur lik chalk an cheese, black an white, in their naiturs.

Fur the auld fella wha bade oan the left haun side o the glen – ye mind he wis humpie-backit on his richt side – wis cheery as the day wis lang. He wis aye oot an aboot, meetin folk an newsin, whistlin an singin awa.

'Hello!', 'Hoo's daein?' He wis aye ready tae gie you the time o day an hae a richt guid crack.

But the ither auld fella, who bade oan the richt haun side o the glen – ye mind he wis humpie-backit oan his left side – wis a whinin, girnin aul grumph, wi nae a guid word fur onybody. He sat in his wee hoose wi the windaes an door ticht shut, aye an a filthy clarty wee place it wis tae. He went oot ainly when he had tae get in messages, an when he draggit hissel alang the road he grumblit awa in his mooth, ne'er liftin his heid tae greet onybody. The maist ye could get frae him wis a grunt or a mump, or a howking up of phlegmy gob.

Weill, yin day, it wis late June, aboot midsummer, the cheery auld man went oot tae tak a daunner up the glen in the gloamin. He wis humming saftly as he wunnerit at the bonnie flooers an green florish in the warm simmer air. An he hearkened tae the birdies chirpin an whistlin in the trees.

Then aa at aince, he hears singin frae aheid at the tap o the glen. Noo you maun unnerstaun that at the heid of the glen there wis a grove o auld aik trees, an a ring o stanes, hauf-buriet in the moss an gress.

An whit wis he hearin?

'Monday, Tuesday
Monday, Tuesday

Monday, Tuesday,'
went the sang.

'Yon's gey odd,' thocht the auld man. 'It's a weill eneuch sang but it's a wee thing short. An whan he cam tae the tap o the path, he seen the guid folk, the wee people, dauncin oan the green flair o the clearin, an singin as they jiggit:

'Monday, Tuesday
Monday, Tuesday
Monday, Tuesday.'

Weill, juist tae be kind the auld man added in a saft voice, 'Wednesday.'

'Monday, Tuesday,'
sang the wee folk.
'Wednesday,'
addit the auld man.
'Monday, Tuesday,'
sang the wee folk.
'Wednesday,'
addit the auld man.

Noo the little people stoppit dauncin an trottit ower tae the auld fella.

'Oh, ta an mony taas tae ye,' they said. 'We're muckle obleegit tae ye, aul yin. We've been tryin tae get the neist bit o that sang fur centuries.'

'Nae trouble,' says the auld man. 'It's ma pleisur tae help ye.'

'But ye maun hae a reward,' says the wee folks' wee chief – he wud be a King I reckon – 'Whit can we gie you? We hae a midden o treisur in the mound back there.'

'Oh nah, nah' said the auld man. 'Ah dinna need ony reward or treisur. It wis naethin.'

'But ye maun be rewardit,' insited aa the wee folk thegither.

'Oh weill,' says the auld man, lauchin, 'Kin ye dae onything aboot my humpie back? See it's aa twistit wi the rheumatics oan ma richt side.'

'We'll have tae see whit can be dune wi rheumatics,' says the wee King.

So that wis that – maybe the wee folk wad hae a herb or a lotion fur a sair back. The auld man had a graun crack wi the little people an then wi thank-yous an fareweills oan aa sides he heidit doun hame. But as he stertit oan the path he could hear them singin awa lik linties:

'Monday, Tuesday, *Wednesday.*'
'Monday, Tuesday, *Wednesday.*'

An the neist morn whan the auld man woke up, muckle wis the wunner, his back wis straucht as a rake, clean an clear oan baith sides. He wis fair dumfounert at the kindness o the guid fowk.

Weill, ye kin be sure, word suin got aroun. Besides the auld humpie-backit fella wis walkin aboot straucht as a rake an he wisnae backwart explainin hoo the wee people had helpit him wi their glamourie. An in nae time at aa, the ither auld humpie-backit fella, but oan his left side, felt he wis owed a bit o strauchtening oot tae.

Sae, afore the week wis oot, the auld grump wis oan his wey up the glen, lookin neither tae his richt nor tae his left, girnin an grumphing tae hissel. An every twa or thrie steps he whackit the bushes wi his knobblie stick. But juist as his neibour describit, as he cam tae the heid o the path he could hear the wee folk singin:

'Monday, Tuesday, Wednesday.'
'Monday, Tuesday, Wednesday.'

'Richt,' he thocht tae hissel. 'I'll suin pit these wee dafties richt.' An lowpin intae the ring o stanes he bawlit oot wi his heich hackit voice:

'An *Thursday, Friday, Setterday*. See, you forgot that bit. *Thursday, Friday Setterday*, ye wee idjeets.'

Aathing went quate. Nae even a chirp frae the wee birdies. An in the blink o an ee the gloamin wis gane daurk.

Than the wee King cam forrit. 'Hoo kin we help ye?' he speirit, verra saft like an polite.

'Weill, the bit's oan the ither fit, ma wee mannie, fur it's me that's helpin ye,' says the auld grump. 'But since ye're speirin, Ah want this hump aff ma back, aye an a pile o treisur an aa.'

'We will have tae see whit kin be dune wi humpie-backs,' says the King. An as the guid folk stood aroun watchin him the auld man lurchit ower the clearin tae a wee hatch in the mound. He bent doun an began tae stuff every pooch o his clarty auld coat wi gowd an siller an diamants, till the shiny baubles wis faain oot aroun his feet.

'Till the morn then, mind, dinna be late,' he grumphed, an stompit awa doun the path.

'Aye, till the morn,' says the wee King, fell dowie, an shakin his wee heid at the sumph. Then he turnit back tae his ain guid folk, the gentle kind.

An the neist mornin, whan the auld man woke up, it wis a muckle wunner fir in place o yin hump oan his twistit back he had twa. An whit o aa yon treisur? It wis a pile o ashes oan the dirty flair whaur the auld grump had turnit oot his pooches the nicht afore, lauchin an cackling at bestin the fairies. Weill, he wisna lauchin noo, wis he?

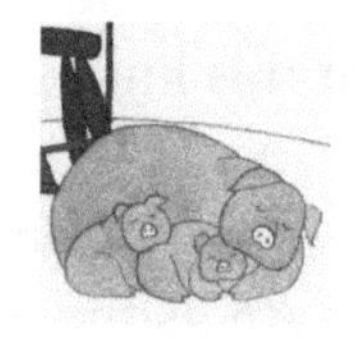

Whuppity Stourie

THERE WAS A young wumman aince wha keepit a wee ferm. Her man wis a wanderin kin o body. An wan day he wanderit aff an ne'er cam back leavin her tae mind the ferm an luik aifter her baby. Hoosoever she had a pig, a soo aboot tae gie birth tae piglets, sae she wisna douncast, thinkin she an the bairn would be aaricht.

But yin day she gangs tae the pigsty an finds her sow lyin oan it's back gruntin an groanin, fit tae dee. 'Na, na,' cries the wumman, 'dinna gang deein oan me.' An she sits doun wi the bairn on her knee an greets worse nor ever she grat fir the loss o her man.

Noo there wis risin grund ahint the ferm an a wood, an whan the wumman wis dichtin her een wi a hankie, she sees this aul wife stridin doun the slope. She wis dressit in an auldfarrant wey wi a green cloak an a black steeple hat, an she mairches richt up tae the wumman wavin a lang staff.

'Whit's wrang wi ye, wumman?'

'Oh, madam,' says he, 'I'm the maist unfortunate wumman breathin.'

'Ah ken, Ah ken,' says the auld wife, 'ye've tint yer man an noo yer soo's fit tae dee. Whit will ye gie me if I cure the soo?'

'Oh onything, onything,' moaned the daft young wumman, little kenning wha she had tae deal wi.

Sae the auld wife mairches intae the sty swingin her staff. An she fetches oot a wee bottle, an she pits three draps oot o it oan the pig's snout, ahint its lugs an aneath its tail, mutterin aa the while, 'pitter, patter, haly water.'

'Weill,' says the auld wife, 'up wi you, soo, ye're aricht noo.' An up bangs the soo an awa tae the trough for her breakfast, nane the waur.

'Oh, madam,' cries the wumman, 'I'm the happiest wumman breathin, whit kin I gie you in return?'

'Weill,' says the auld wife, 'we hae a bargain, an whit Ah wull hae is that boy bairn at your breist.'

The wumman gied a screech. She kent noo – the auld wife wis a fairy wumman wha wis ettlin tae tak awa her bairn. She grat an begged an prayed an flyted

but naethin wad dae but the bairn.

'Ye kin spare yer din,' snappit the auld wife, 'Ah'm nae deif. Onyroads by the law o ma kind, Ah canna tak your bairn till the third day frae noo. An even than Ah canna tak him if ye guess ma richt name.' An awa she stomps back up the hill wavin her staff like a Queen on a May mornin.

Weill the young wumman grat, an cuddlit her boy bairn, an grat the mair till she was grat dryt. But oan the second day she decides tae tak a daunner up intae the woods cairryin the bairn.

An in the daurk o the wood, she cams near tae this wee clearin an in it she kin hear the birrin o a spinnin wheel an a sang. Sae she keeks ower the bushes an wha does she spy but the auld wife? The madam's spinnin awa an singin:

'Little kens the wumman at hame,
Whuppity Stourie is ma name.'

The wumman couldna believe her luck. 'Ah hae gotten the secret wurd,' she says tae herself, 'Whuppity Stourie is the besom's name!'

'Little kens the wumman at hame,
Whuppity Stourie is ma name.'

Sae she creeps back through the wood lichter than she cam inbye, an lauchin tae hersel at the thocht o bestin the auld green fairy wife.

Weill oan the third day the wumman pits her bairn doun, an she sits oan a stane in the yaird , an she pous her bonnet ajee ower her lug, an streaks her face wi tears ready for the auld wife. An she hadna lang tae bide, fir Madam soon cam stridin doun the hill, neither lame nor lazy, an skirls oot, 'Ye ken why I've come, wumman, staun an deliver!'

The young wumman lets oan tae greet the waur, an wrings her hauns an fleeches, 'Oh madam, Ah beg ye, no ma boy bairn. Tak me insteid.'

'The deil's in the daft limmer,' says the auld wife wi a face like the faur end o a fiddle, 'wha in their richt mind wad want tae tak ye?'

Weill that pit up the young wumman's birse, for though she had twa bleary een an a lang red neb wi greetin, she thocht hersel as bonny as the best o them. Up she bangs wi her airms akimbo.

'Aye, Ah should ken the likes o me is no fit tae tie the shoe strings o sic a heich an michty wife as – Whuppity Stourie!'

Wi that the aul wife lats oot a screich an lowps six fit intae the air. Then like a whirlwin she twists roun an gallops awa roarin like a dementit cuddie chasit by witches.

An the wumman picks up her bairn an daunces roun the yaird singin wi pleisur at begunkin the auld fairy wife wi her spinnin wheels an her Whuppity Stouries!

The Selkie Bride

THERE WIS A young fermer aince in Orkney. An he gangs doun yin day tae the shore tae see whit the tide had brocht intae laund. But afore he cam tae the water he sees a wheen o selkie folk oan the sand.

They are people o the sea, but they had peelit aff their seal skins an were sportin an dauncin oan the beach, as white an peelie-wallie as ony craitur o the laun.

Noo the gudeman warslit forrit ahint a rock. An there he spied aa the sea skins o the selkies spread oot whaur they had laid them doun. But afore he could tak yin, the selkies ran tae the rock an grippit their skins an rin for the waves. Hoosoever, he managed tae catch a haud o yin pelt.

Noo the selkies were swimmin awa intae the sea, but yin lass wis left ahint oan the shore, for the gudeman wis haudin ticht her black skin, an he stertit awa frae the shore tae his croft hoose. An the lassie cam eftir him greetin for her pelt.

An wan big seal wis watchin her frae the sea wi meltin broun een.

The lassie wis greetin an beggin him, 'Please, gie me back ma seal skin. I canna bide wi ma ain folk in the sea wioot it. If you hae a hert at aa, hae peety. If you hae ony need o mercy yersel, hae peety oan me.'

'I want ye tae cam an bide wi me,' says the gudeman, 'I'm lanely wioot a wife.'

Eftir lang persuadin, the selkie wumman consentit tae be his wife. Onyroads, he wis no for gien her back the pelt.

Sae the selkie lass bade wi the gudeman for mony moons. An she gied the man seiven bairns. But though the wife luvit aa her bairns, she wis sair at hert an pinin for the sea.

Mony a time she luikit oot ower the waves an she sang, an she learnit her bairns music o the sea that wisna canny.

Yin day the gudeman pit oot tae fish wi his three sons. An the gudewife sends her three dochters tae gaither whelks an limpets frae the rocks. But the youngest bairn, a wee lassie, wis at hame tholin a sair fit. An her mither

stertit tae rummage an search for her seal skin.

The wumman searchit up an she searchit doun. She searchit but an she searchit ben. She searchit oot an she searchit in. Bur ne'er a seal skin could she find.

'Whit are you huntin for, mammie?' speirs her wee dochter.

'Ah'm huntin for a bonny skin tae mak a slipper tae yer sair fit,' says the mither.

'Ah micht ken whaur yon skin is,' says the lass. 'Yin day ma faither thocht Ah wis asleep, an he tuik a bonny skin frae atween the waa an the thatch. He glowerit at it for a whilie, an then he pit it back in its hidey-hole.'

The mither raxit up tae the waa an poued oot the skin.

'Fareweill, ma bonnie bairn,' she cries, an then she ran tae the shore, an steppin intae her pelt, she dove intae the waves. An the muckle seal wi the broun een wis bidin for her there oan the riptide, an they swam oot thegither.

An the gudeman wis rowin intae shore wi his sons. He spies the twa seals swimming thegither. An he cries oot tae his wife. An she shows her face abune the water an sang:

'Gudeman o the laun, fareweill tae ye,
Ah likit ye weill, an ye waur guid tae me.

But aye I luvit maist ma man o the sea.'

An the gudeman ne'er saw or heard o his wife again. An that's ma tale o the Selkie Bride.

The Taen Awa

AINCE THERE WIS a young wumman wha had a boy bairn, cooin an gurgling in his cradle by the fireside. An he wis the bonniest bairn, an she the cheeriest lass that folk could think oan.

Yin day the lassie gangs oot tae fetch water frae the well, leavin the bairn sleepin soun. It wisna faur tae the wal an she cam straucht back past the midden an the gairden tae her ain wee hoose. But comin tae the door of the hoose she hears a screechin an caterwauling. She rins tae the cradle an starin up at her wis a scunnersome sicht. No her ain bonny bairn but a witherit wee scrunchit up craitur wi hauns lik a moudiewart, a mou lik a puddock's frae lug tae lug, an twa muckle glowerin een.

The lassie thinks, 'Aye, this maun be a fairy's get an ma ain wee babe's taen-awa.'

She didna ken whit to dae wi sic a daftlike bairn. It widna sook milk at the breist but ate eneuch parritch in a day tae feed twa ploomen fur a week. It wis aye yammerin an yowlin, wi ne'er a smile or a gurgle, sae the lassie wis sair fashed aboot it as it lay there in her cradle lik a haulf-deid hurcheon.

By-an-by the wumman had tae gang tae the toun tae fetch her messages, an she didna ken whaur tae pit the baby oot o sicht. She had a neibour close by wha wis a tailor an she askit him if he could mind the bairn for a wee time since she wis fair dementit wi its wailin an greetin. An the tailor said he would for he wis vexit for the lass an her whinging, skirlin wallidreg o a bairn.

Noo the lass went awa tae the toun an the tailor sat in by the reek. But haurdly had she steekit the door an gang aff through the yaird than the wee get stuid up in his cradle an spake tae the dumfounert tailor.

'Wullie Taylor, an ye winna tell ma mither I'll play ye a tune on the bagpipes.'

An the wee craitur pous oot a pair o pipes frae the claes in the cradle. They were aa muntit wi ivory, gowd an siller, gleamin in the firelicht. The tailor had ne'er seen the like. It wis uncanny, but he keepit the heid.

'Play up, ma wee mannie, an I'll tell naebody.'

An the tailor sat wioot movin or speakin while the

weird-bairn pit up a reel an a mairch forbye oan his pipes. Then he speaks agin.

'Wullie Taylor, an ye winna tell ma mither, there's whisky in yon kist, an ye an I kin hae a dram an a crack till she cams hame.'

Weill, the Taylor fetched the whisky an poured oot twa drams. An the bairn threw his yin back in yin gulp an askit for mair.

But the Taylor's thinkin tae himself aa the while, 'It's the deil's get an he maun dae me some herm.'

Sae aa in wan shift, insteid o anither dram, he catches the craitur by the cuff o his neck an whups him, bagpipes an aa, intae the fire. Wi a whoosh an a bang the bairn wis awa up the lum in a puff o smoke. An jist tae be certain, the Taylor turns oot the cradle, an richts it wi a sprig o rowan back by the fire. An by the time the lassie won hame wi her messages her ain wee boy wis cooin an gurglin in the cradle. An the Taylor wis sittin oan the ither side o the fire whustlin as merry as the day wis lang. An he wisna lat awa hame wioot anither dram or twa, ye may be sure. An that's ma story o the Taen awa bairn. Sae, friens, may ye ne'er gang sic a gait yersels. Mind oan the sprig o rowan.

Broonie o the Glen

AINCE THERE WIS a young shepherd an he bidit awa up a lang glen. An his faither bidit there afore him an his faither afore that. An they had a bonnie wee hoose at the heid o the glen whaur their sheep wanderit ower ilka hill an ben.

But it wis a lang lanely wey tae that hoose, an haufway up there wis a brig raxin ower a deep daurk river. An whan the rain poored doun an the wind blew, that river wis ragin an roarin past the brig.

Ablow the brig wis a pool whaur the troot an saulmon lurkit atween the stanes. An folk aye said that the broonie wis doun there waitin tae catch onybody passin by in the daurk tae drag them unner the black water an droun them.

Noo the young shepherd wis mairriet an by-an-by

the lassie fell pregnant, an she wis gettin near her time tae gie birth. But she didna lik traivellin doun tae the village through the glen an past the broonie's hidey hole.

Hoosoever, yin day the lad cams hame frae the hill tae find his wife frettin an greetin. 'Whit's wrang, lass?' he says.

'Oh do ye no ken the signs? Am Ah a sheep tae drap her lambie oan the muir? Ye'll hae tae gang fur the doctor.'

'Is it time?' says he.

'Aye, it's time. Ye'll need tae heid oot.'

'Ah canna leave ye alane oan a nicht like this yin. It's fell daurk an stormy. Whit aboot the broonie?'

'Whit aboot the broonie? If ye dinna gang I'll be waistit an we micht lose the bairn. It's me or the broonie.'

Sae, laith as he wis, the young shepherd gangs oot tae the shed tae hairness his wee pony tae the trap. An he wis still footerin aboot whan an aul man appearit at the door. He had a lang white beard, a bonnet on his heid an a staff in his haun.

'Wha's ye?' says the shepherd tae the aul fella, surprised tae see onybody oot an aboot in the weather.

'Ach, dinna mind me,' says the auld yin, 'Ah'm jist an auld man o the road needin shelter. It's a fell nicht.

Ye're no for gangin oot yersel, are ye?'

'Ah surely am,' says the young fella,' fur ma wife's expectin a bairn. Her pains hae stertit.'

'Are ye feart tae leave her, laddie?'

'Aye, but I am. Besides, ma faither an graunfaither aye telt me nae tae gang oot ower the brig at nicht for fear o the broonie. He'll be rinnin wuddie oan sic a nicht as this yin.'

'The broonie is it?'

'Aye, he bides in the pool aneath the brig.'

'Weill, laddie, Ah dinna ken aboot nae broonie, but if ye like I'll bide wi your wife till ye win hame.'

'Would ye though?'

'Aye, Ah would. Ye gang fur the doctor, an Ah'll mind yer wife till ye win hame.'

Sae aff the young shepherd gangs trottin his wee pony, an ower the brig he gangs wi his een ticht shut. An he fetches oot the doctor, wha telt him nae tae be daftlike wi his broonies an sic havers.

The twa men cam through the nicht tae his hoose, they lowpit aff the trap an ran ben. Aa wis licht an bricht inside . The young wumman wis lyin in her bed richt peaceful an aside her wis a newborn babe wrappit in a white shawlie. The wee een were glimmerin roun, an his mooth wis puckerin fur the breist.

'What for did ye caa me oot?' says the doctor in a

huff, 'yer wife's nae need o a doctor.'

'But, doctor, she's nae weill. She's gauna hae a bairn.'

'She's had the bairn, ye daft loon. Wha's that lyin aside her, a broonie?'

'Wheesht noo, the baith o ye,' says the lassie, 'me an the bairn, we're daein awa jist fine.'

'Whit happened?' says the shepherd lad, fair distractit wi this turn o events, 'hoo did ye manage alane?'

'Ah wisnae oan ma ain,' says she, 'do ye no mind the aul tramp man?'

'Aye.'

'Weill, yon wis the broonie, an nae a bit o herm in the craitur. He helpit me tae birth the bairn, an washit him, an wrappit him in this shawlie. So noo ye ken.'

The doctor thocht she wis in a fever frae the birthin, but the shepherd kenned better. He had left the the auld man at the hoose tae mind his wife. The aul man wi the lang beard, the bonnet an the staff, wis the broonie. He wisna a monster at aa.

Frae that day forrit there wis nae mair talk o a fearsome broonie in the glen. Insteid there wis aye a dish set oot fur the broonie's share, jist in case he micht be passin. An whan the wee boy bairn grew up he learnit tae swim in the brig aneath the pool lauchin an splashin at whoever wis hidin ablow an ticklin his tootsies.

An sae, as the auld yins aye said, tak tent o the broonie an he'll tak tent o you an yours.

The Red Etin

There was a wumman aince wha bidit oan a wee puckle o grund. Her man wis deid lang syne an she had three sons. An the time cam for the auldest brither tae seek his fortune.

'Tak this can tae the wal,' says his mither, 'an I'll bake ye a bannock tae tak on yer traivels. Mind though if ye dinna fetch eneuch water Ah kin ainly bake ye a wee bannock.'

Sae the lad gings tae the wal but the can wis leakin an by the time he won back tae his mither there wis nae muckle water.

Hoosoever, his mither bakit the bannock an then she says tae him, 'Will ye tak hauf the bannock wi ma blessin, or the haill wi my curse?'

Weill the laddie lookit at the wee bannock an thocht

tae hissel, 'Ah'll be needin ma food,' sae he taks the haill bannock an his mither's curse for whit it was worth.

But afore he sets aff oan his traivels he gies his neist brither a dirk tae keep till he cam back. 'See,' he says tae the brither, 'if the blade steys bricht an keen Ah'm daein fine. But if it gangs rusty ye'll ken Ah'm in trouble.' An awa he gings.

He gaed for thrie days till he faas in wi a shepherd an his flock o sheep.

'Wha til dis the sheep belang?' he speirs, an the shepherd says:

'The Red Etin o Ireland
Aince lived in Bellygan,
He stole King Malcolm's dochter
The King of fair Scotland.
He beats her, he binds her,
He lays her in a band;
An ilka day he dings her
Wi a silver wand.
Like Julius the Roman
He fears nae mortal man.
It's said yin man is destined
Tae be his deidly fae,
But that hero's no yet born
An lang may it be sae.'

The laddie gings faur an farther oan till he sees an auld man wi white hair herdin swine.

'Wha til dis the pigs belang?' he speirs, an the auld man says:

'The Red Etin o Ireland
Aince lived in Bellygan,
He stole King Malcolm's dochter
The King of fair Scotland.
He beats her, he binds her,
He lays her in a band;
An ilka day he dings her
Wi a silver wand.
Like Julius the Roman
He fears nae mortal man.
It's said yin man is destined
Tae be his deidly fae,
But that hero's no yet born
An lang may it be sae.'

The laddie gings faur an farther oan till he sees an auld man herdin goats.

'Wha til dis the gaits belang?' he speirs, an the auld man says:

'The Red Etin o Ireland
Aince lived in Bellygan,
He stole King Malcolm's dochter

The King of fair Scotland.
He beats her, he binds her,
He lays her in a band;
An ilka day he dings her
Wi a silver wand.
Like Julius the Roman
He fears nae mortal man.
It's said yin man is destined
Tae be his deidly fae,
But that hero's no yet born
An lang may it be sae.'

The laddie gings faur an farther oan till he arrives at a castle wi naebody gairdin the yett. Sae he gangs in an here's an auld wumman by the kitchen fire. An he askit her if he micht hae shelter there fur the nicht. An she says he micht, but it wisna a guid notion syne the keeper o the castle wis a thrie-heidit giant, wha raw-chawit ilka craitur he grippit. The laddie beggit her tae hide him in the castle an she did, but whan the giant cam ben his neb wis twitchin.

'Snouk but an snouk ben,
Ah feel the smell o an earthly man;
Be he leevin or be he deid
Ah'll grind his banes
Tae mak ma breid.'

Aye an the thrie-heidit craitur finds the lad an hauls him oot o his hidey-hole.

'Noo,' says the giant, 'Ah'll no chaw ye up gin ye answer me thrie questions. Ane, wis Scotlan or Ireland the first tae hae humans dwellin there? Twa, wis man made fur wumman or wumman fur man? Thrie, did man cam afore the beasties or the beasties afore man?'

The laddie wis fair dumfounert an didna ken whit tae answer. Sae the muckle gomeril taks a hammer an knockit the braith oot o the boy, turnin him intae a pillar o stane.

That wis the dounfaa o the first laddie, but back at hame his brither gets oot the dirk his brither had gien him, an it wis aa rusty an bluntit. He maun set oot tae help his brither, sae the mither sent him tae the wal but his can wis bustit an he set oot wi a wee bannock an his mither's curse.

Hoosoever, the laddie taks nae heed an gings efter his brither wha wis in trouble, nae dout o it.

He gaed for thrie days till he faas in wi a shepherd an his flock o sheep.

'Wha til dis the sheep belang?' he speirs, an the shepherd says:

'The Red Etin o Ireland
Aince lived in Bellygan,

He stole King Malcolm's dochter
The King of fair Scotland.
He beats her, he binds her,
He lays her in a band;
An ilka day he dings her
Wi a silver wand.
Like Julius the Roman
He fears nae mortal man.
It's said yin man is destined
Tae be his deidly fae,
But that hero's no yet born
An lang may it be sae.'

The laddie gings faur an farther oan till he sees an auld man wi white hair herdin swine.

'Wha til dis the pigs belang?' he speirs, an the auld man says:

'The Red Etin o Ireland
Aince lived in Bellygan,
He stole King Malcolm's dochter
The King of fair Scotland.
He beats her, he binds her,
He lays her in a band;
An ilka day he dings her
Wi a silver wand.
Like Julius the Roman

He fears nae mortal man.
It's said yin man is destined
Tae be his deidly fae,
But that hero's no yet born
An lang may it be sae.'

The laddie gings faur an farther oan till he sees an auld man herdin goats.

'Wha til dis the gaits belang?' he speirs, an the auld man says:

'The Red Etin o Ireland
Aince lived in Bellygan,
He stole King Malcolm's dochter
The King of fair Scotland.
He beats her, he binds her,
He lays her in a band;
An ilka day he dings her
Wi a silver wand.
Like Julius the Roman
He fears nae mortal man.
It's said yin man is destined
Tae be his deidly fae,
But that hero's no yet born
An lang may it be sae.'

The laddie gings faur an farther oan till he arrives at a castle wi naebody gairdin the yett. Sae he gangs in an here's the same auld wumman by the kitchen fire. An he askit her if he micht hae shelter fur the nicht. An she says he micht, forbye it wisna a guid notion syne the keeper o the castle wis a thrie-heidit giant, wha raw-chawit ilka craitur he grippit. The laddie beggit her tae hide him in the castle an she did, but whan the giant cam ben his neb wis twitchin.

'Snouk but an snouk ben,
Ah feel the smell o an earthly man;
Be he leevin or be he deid
Ah'll grind his banes tae mak ma breid.'

Aye, an the thrie-heidit craitur finds the lad an hauls him oot o his hidey-hole.

'Noo,' says the giant, 'Ah'll no chaw ye up gin ye answer me thrie questions. Ane, wis Scotlan or Ireland the first tae hae humans dwellin there? Twa, wis man made fur wumman or wumman fur man? Thrie, did man cam afore the beasties or the beasties afore man?'

The laddie wis fair dumfounert an didna ken whit tae answer. Sae the muckle gomeril taks a hammer an knockit the braith oot o the boy, turnin him intae a pillar o stane, aside his brither.

That wis the dounfaa o the second laddie. Noo there wis anither brither yet bidin at hame but he wis jist wee an the second brither hadna left him a dirk. Hoosoever, the lad gings tae the wal tae fetch water, an a wee birdie telt him tae clag the leaks wi clay.

Sae he brocht hame a fou can an his mither bakit him a muckle bannock an sent him oan his wey.

Noo the third brither fell in wi an auld beggar wumman oan the wey, an he gied her a piece o the bannock an she gied him in return a sword an a magic staff. An she telt him aboot the giant an his questions.

Sae by-an-by he sees the shepherd an the swineherd an the goatherd, an askit whae their flocks belangit tae, an they aa telt him whit he kenned aa ready frae the auld beggar wumman:

'The Red Etin o Ireland
Aince lived in Bellygan,
He stole King Malcolm's dochter
The King of fair Scotland.
He beats her, he binds her,
He lays her in a band;
An ilka day he dings her
Wi a silver wand.
Like Julius the Roman
He fears nae mortal man.
It's said yin man is destined
Tae be his deidly fae,

But that hero's no yet born
An lang may it be sae.'

Sae he presses oan tae the castle whaur the wumman at the fire telt him aboot his twa brithers bein turnit intae pillars o stane.

But the laddie wisna pit aff, nae a bit. By-an-by the thrie-heidit giant cam ben ragin fur his meat, an the laddie kenned it wis the Red Etin.

'Snouk but an snouk ben,
Ah feel the smell o an earthly man;
Be he leevin or be he deid
Ah'll grind his banes tae mak ma breid.'

Sae the giant spies the laddie, wha steps oot an in the blink o an ee, an answers aa his thrie questions. Fur as aabody kens, Scotlan wis the first tae hae humans dwellin there, man wis made fur wumman, an the beasties cam afore man. Then the Etin kenned he wis beat, the gemme wis feenished. The laddie cut aff aa thrie heids wi yin michty sweep o his sword.

Neist he climbit tae the tap o the castle an aa the doors were gawpin wide, an he finds King Malcolm's dochter – the real Princess – wanderin aboot in a dwam. Sae he telt her aboot the giant bein deid, an she faas aboot the laddie's neck caain him 'hero' an 'bonny'. An that wis that – she wis throughtother in luve wi the lad an would hear o nane ither.

But afore weddin his new bride, the laddie gaes doun to the dungeons wi the guidin o the wumman by the fire. An whit does he see there but twa pillars o stane? Sae he taks his wand an strikes the twa pillars yane eftir tither, an his twa brithers stertit intae life agin as haill as the day they left hame.

Whit a waddin they had o it, an they were aa bidin in the castle wi food an drink an treisur, an wioot o cross word ever aifter. An they askit their mither tae cam tae bide there, an she bakit bannocks in the kitchen, an they aa lived happy an ne'er drank oot o a dry cappie.

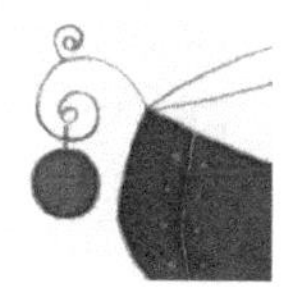

The Black Bull

AINCE THERE WIS a wumman an she had thrie dochters. Noo the first dochter says tae her mither, 'Mither, bake me a bannock an roast me a collop, fur Ah'm awa tae seek ma fortune.'

Sae the mither set tae wark, but the lassie gings roun tae a neibour wha wis a wise wumman, a kin o guid witch, an speirs whit she should dae neist.

'Bide at hame the day,' says the wise wifie, 'an watch oot the back door tae see whit ye kin see.'

Sae the lassie sits at hame an she watches oot the door but sees nocht. An nocht the neist day. But oan the third day, she sees a coach wi six horses draw up ahint the hoose.

She rins intae the wifie wha cries, 'Aweel, yon's for you!' Sae the lassie climbs in an the coach gallops aff.

Noo the second dochter wisne tae be outdone, sae she says tae her mither, 'Mither, bake me a bannock an roast me a collop, fur Ah'm awa tae seek ma fortune.'

Sae the mither set tae wark, but the lassie gings roun tae the neibour wise-wumman, an speirs whit she should dae neist.

'Bide at hame the day,' says the wise wifie, 'an watch oot the back door tae see whit ye kin see.'

Sae the lassie sits at hame an she watches oot the door but sees nocht. An nocht the neist day. But oan the third day, she sees a coach wi fower horses draw up ahint the hoose.

She rins intae the wifie wha cries, 'Aweel, yon's for you!' Sae the lassie climbs in an the coach gallops aff.

Weill that jist leaves the third lassie, the youngest dochter, wha wis lanesome wioot her sisters, sae she says tae her mither, 'Mither, bake me a bannock an roast me a collop, fur Ah'm awa tae seek ma fortune.'

Sae the mither set tae wark, but the lassie gings roun tae the neibour wise wumman, an speirs whit she should dae neist.

'Bide at hame the day,' says the wise wifie, 'an watch oot the back door tae see whit ye kin see.'

Sae the lassie sits at hame an she watches oot the door but sees nocht. An nocht the neist day. But oan the third day, she lookit again an wha wis comin doun the road but a muckle black bull.

She rins intae the wifie wha cries, 'Aweel, yon's for you!'

The lassie wis rigid wi fricht, but the wifie liftit her ontae the bull's back an awa he trots. An faur they traivillit an farther till the lass wis dwaiblie wi hunger.

'Dip intae ma richt lug fur breid, an ma left lug fur drink,' says the black bull, 'an set bye your leavins.' Sae she did an wis wonnerfu refreschit.

An lang they gaed, an sair they rade, till they cam tae a bonny castle oan a hill.

'Yonder we maun be this nicht,' says the bull, 'fur ma auldest brither bides there.'

Then they arrivit at the place, an she wis liftit doun, an the bull went awa tae the field.

Noo she wis treatit lik a Queen, an the neist morn the auldest brither gies the lassie a beautiful aipple lik gowd.

'Dinna brak it,' he says,' but ye're in mortal danger. An it'll win ye awa wioot hairm.'

Aince mair, she wis liftit oan the bull's back, an they rade faur an farther than Ah kin tell, an they cam in sicht o a faur bonnier castle, but it wis a lang stretch awa.

'Yonder we maun be the nicht,' says the bull, 'fur ma second brither bides there.'

An in the blink o an ee they were at the yett. They liftit her in, an the bull went awa tae the field.

Noo aince mair she wis treatit lik a Queen, an the neist morn the second brither gies the lassie a beautiful pear lik siller.

'Dinna brak it,' he says,' but ye're in mortal danger. An it'll win ye awa wioot hairm.'

Aince mair, she wis liftit oan the bull's back, an they rade faur an farther than Ah kin tell, an they cam in sicht o a still bonnier castle, but it wis the langest stretch awa.

'Yonder we maun be the nicht,' says the bull, 'fur ma youngst brither bides there.'

An in the blink o an ee they were at the yett. They liftit her in, an the bull went awa tae the field.

Noo aince mair she wis treatit lik a Queen, an the neist morn the youngest brither gies the lassie a beautiful plum lik a ruby.

'Dinna brak it,' he says,' but ye're in mortal danger. An it'll win ye awa wioot hairm.'

Aince mair, she wis liftit oan the bull's back, an they rade faur an farther than Ah kin tell, an they cam in sicht o a daurk ugsome glen. It wis eerie.

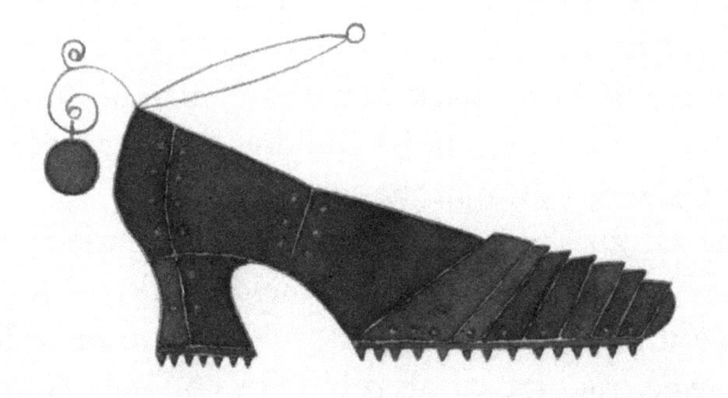

An the bull says tae the lassie, 'Ye maun stey here till I gang an fecht the Deil. Sit oan that stane an shift nether haun nor fit till I cam back, else ye'll ne'er see me again. Gin aathing turns blue, ye'll ken I hae beaten the Deil, but if aa turns reid, then the Deil has me beat.'

Sae she sits doun oan the stane, an bidit her time. An by-an-by it wis turnin blue aa roun her. The bull wis winnin, an in her joy she liftit yin foot tae cross ower the ither.

An the bull cam back as a bonny man, a Prince, an he lookit aa round, but he couldna find her. Yet sooth tae tell she wis sittin in the same spot.

She sat an she grat, till she wis fell wearied. An at last she gaed awa, tae whaur she didna ken. Faur she wanderit an farther wanderit, till she cam tae a hill o gless. She tried tae climb it but she couldna. An there wis a blacksmith bidin nearhaun, an he says he would mak her shoon o airn tae climb the hill, gin she wud serve him seiven years.

Sae she warkit fir the blacksmith seiven year, an finally he maks her shoon o airn an she climbit the hill o gless.

An ayont the hill she cam tae a castle. An the first body she met there wis a washerwife wha wis scrubbin an beatin a bluidy sark.

'See,' she says, 'it's the Prince's sark an he'll ainly mairry the yin wha kin wash it clean.'

An she set her dochter scrubbin an aa, an they washit an they better washit but they couldna bring oot the bluidy stain. Sae they set the lassie tae washin an in the blink o an ee, wi a shimmy an a dip, the sark wis clean. But the washerwife lat oan that her ain dochter had shiftit the stain.

Sae aa wis set fur the washerwife's dochter tae mairry the Prince. But the lassie luvit him true, an she taks her aipple, the yin the bull's auldest brither gied tae her. An she braks it open, an whit dae ye ken but the aipple's stuffit fou o gowd.

'Luik,' she says tae the washerwife, 'lat me stey ae nicht wi the Prince afore the mairriage an Ah'll gie ye this aipple.'

An the washerwife consentit but she gied the Prince a potion tae mak him sleep. An aa nicht the lassie wha wis his ain true love, sabbit an sang:

> 'Seiven lang years I served for thee
> The glassy hill I climbed for thee
> The bluidy sark I wrang for thee;
> Wilt thou no wauken an turn tae me?'

But he didna wauken.

Sae the neist nicht she taks her pear, the yin the bull's

second brither gied tae her. An she braks it open. An whit dae ye ken but the pear's stuffit wi siller.

'Luik,' she says tae the washerwife, 'lat me stey ae nicht wi the Prince afore the mairriage an Ah'll gie ye this pear.'

An the washerwife consentit but she gied the Prince a potion tae mak him sleep. An aa nicht the lassie wha wis his ain true love, sabbit an sang:

'Seiven lang years I served for thee
The glassy hill I climbed for thee
The bluidy sark I wrang for thee;
Wilt thou no wauken an turn tae me?'

But he didna wauken. Her last hope dwined awa.

Yet that day, whan the Prince wis huntin, ane o the huntsmen speirit whit the sighin an greetin wis he had heard frae the Prince's chaumer. Noo he Prince didna ken but he resolvit tae keep awake that nicht.

Nou the lassie had yin last thraw o the dice. Sae she taks her plum, the yin the bull's youngest brither gied tae her. An she braks it open. An whit dae ye ken but the plum's stuffit wi jewels.

'Luik,' she says tae the washerwife, 'lat me stey ae final nicht wi the Prince afore the mairriage an Ah'll gie ye this plum.'

An the washerwife consentit, but whan she tuik in

the potion the Prince says he couldna drink it save she pit in some sweitness. Sae awa the wife gings tae fetch the honey, an whan she's awa the Prince poors oot the potion, while lattin oan he had drank it doun.

They aa went tae bed an the lassie slippit intae the Prince's chaumer. An she sabbit an sang:

'Seiven lang years I served for thee
The glassy hill I climbed for thee
The bluidy sark I wrang for thee;
Wilt thou no wauken an turn tae me?'

He heard it aa, an he turnit tae his ain true love.

She tells him aathing that had happened tae her since they cam tae the daurk glen, an he tells her aathing that had happened tae him. An in the mornin the washerwife an her dochter waur pit oot frae the castle.

An the Prince an his true lass mairriet, an as faur as Ah ken they're leevin happy tane wi tither tae this day.

The White Doo

AINCE THERE WIS a woodcutter wha bidit in a wee hoose on the edge o the forest, wi his wife an twa bairns. There wis a lassie caad Jeannie an her wee sister caad Jinny. The faither wis aye workin an the mither wis aye naggin, but the twa bairns luvit each ither an steyed thegither lik twa peas in the yin pod.

Noo this day the mither sends wee Jinny intae the village tae fetch some milk.

'Tak this joug fir the milk,' says the mither. Syne in thae days they pourit oot the milk frae big cans, sae ye needit a joug or bottle tae fetch it hame, 'an mind, dinnae brak that joug,' she says. 'It's ma best joug, an ye brak it I'll kill ye.'

Sae aff Jinny gings singin an skippin, an the shopkeeper fills up her joug, an oot she comes an draps it. Aa the milk wis spilt an the joug wis lyin oan the grund in a hunnert pieces. An the wee lassie sat doun an grat, 'Ah'm feart,' she greets, 'noo ma mam'll kill me.'

'Not at aa, wheesht noo,' says an auld wumman, wha wis passin, 'yer mammie'll no kill ye. See an I'll get ye anither joug.'

Sae the auld wifie brings anither joug an gets is filled wi milk an sends wee Jinny oan her wey, lichter o hert.

Still, whan she cam hame she slippit intae the kitchen, pit doun the joug, an then awa oot tae play wi Jeannie.

An than a voice thunnert, 'Jinny, get back in here, richt nou!'

It wis the mither, an Jinny creeps back intae the hoose.

'Whit's yon?' says the mither, jabbin wi her finger.

'The joug, mammie, it's the joug.'

'It's nae the joug, ye lying wee besom. Ah tellt ye. Did Ah no tell ye?'

An she taks up the faither's aix, an fells the lassie wi yin blow. But than she loast the heid aathegither, an sterts tae lay intae the wee yin wi the aix, lik she would brak her intae a hunnert pieces.

An thon wis the feenish of the wee lass.

Noo whit could the wumman dae? She gaitherit up

aa the bluidy pieces intae a pan. An she pits it oan the fire tae byle fur broth.

Whan the faither cam hame tae his dinner he wis smellin the broth.

'Verra guid, wumman,' he says. 'Whaur's the lassies?'

'They'll be ootbye playin the wood,' says she. An the mither dishes oot the broth, an her man slurps it up an asks fur mair. Ainly, in the scrapins o the bowl he picks oot a wee finger bane, the pinkie.

'Whit's this?' says the man.

'Its jist a wee hare's fit,' says the mither.

But there wis a ring on the finger, an he kenned it fur his ain wee dochter's.

'Whit hae ye dune?' says the man.

'Naethin,' says she.

An wioot a wurd, he gets up an gangs awa intae the wood tae fin Jeannie wha wis cowerin awa frae her mither.

An that nicht Jeannie creepit intae the kitchen, an she gaitherit up aa her sister Jinny's banes, an washit an buriet them in the yaird atween twa milk white stanes. An nocht mair wis said by onybody. Aabody thocht Jinny had disappearit in the forest.

Nou the months went by, an it wis near Christmas. An aabody in the village wis getting ready tae mak their Christmas dinner an gie their bairns a wee present, gin they could afford tae buy onything. But in the wee hoose at the edge o the forest it wis cauld an lanely. Naebody had ony thocht o Christmas.

Noo doun in the village a wee doo flew alang the street. An she flitters intae the toy shop an says tae the shopkeeper, 'See, if Ah sing a wee sang, whit wull ye gie me?'

'Onything ye want,' says the mannie, wha wis a wee bit surprisit by the birdie speakin.

An the wee doo openit his beak an sang:

'Ma mammie killt me,
Ma daddie ait me,
Ma sister Jeannie pickled ma banes,
An pit me atween twa milk white stanes
An Ah grew an grew
A bonnie white doo
An awa Ah flew.'

'Verra guid,' says the shopkeeper, 'whit will ye hae fur yer Christmas?'

'That bonnie dollie in the windae,' says the doo an awa she flew wi the dollie in her beak.

Noo, twa minutes later, the birdie flutterit intae the jewellry shop, an says tae the shopkeeper, 'See, if Ah sing a wee sang, whit wull ye gie me?'

'Onything ye want,' says the mannie, wha wis a

wee bit surprisit by the birdie speakin. An the wee doo openit his beak an sang:

'Ma mammie killt me,
Ma daddie ait me,
Ma sister Jeannie pickled ma banes,
An pit me atween twa milk white stanes
An Ah grew an grew
A bonnie white doo
An awa Ah flew.'

'Verra guid,' says the shopkeeper, 'whit will ye hae fur yer Christmas?'

'That bonnie watch in the windae wi the gowd chain,' says the doo an awa she flew wi the chain in her beak an the watch swingin aneath.

Noo, twa minutes later, the birdie flutterit intae the blacksmith's forge. He wis staunin by the fire makin a horseshoe an crackin wi his friens.

'See, if Ah sing a wee sang, whit wull ye gie me?'

'Onything ye want,' says the blacksmith, wha wis a wee bit surprisit by the birdie speakin.

An he lookit roun tae see if someone wis playin a trick oan him. But the wee doo openit his beak an sang:

'Ma mammie killt me,
Ma daddie ait me,
Ma sister Jeannie pickled ma banes,

An pit me atween twa milk white stanes
An Ah grew an grew
A bonnie white doo
An awa Ah flew.'

'Verra guid,' says the dumbfounert blacksmith, 'whit will ye hae fur yer Christmas?'

'That big aix oan the waa,' says the doo.

'An aix?' says the blacksmith.

'Aye,' says the doo, an awa she flew wi the aix balancin oan her back atween the twa wings.

Nou back in the hoose aside the forest, naebody spak a wurd. They were sittin roun the hearth ablow the lum which wis cauld an toom. An this voice cam doun the lum.

'Jeannie, Jeannie, dae ye want yer Christmas?'

'Ah ken that voice,' says Jeannie, 'it's ma sister Jinny. Oh, Jinny, Jinny, ye've cam back tae me.'

'Aye,' says the voice, 'Ah'm back. Noo stick yer heid in the lum an I'll gie ye your Christmas.'

Sae Jeannie gings tae the fireplace an the bonniest dollie she's ivver seen cam doun the lum intae her airms.

'Oh, Jinny, Jinny, it's bonny. Ah've aye wantit a dollie lik this yin.'

'Daddie, daddie, are ye there?' says the voice.

'Aye, Jinny, ma wee lassie, yer daddie's here. An ye ken ah've missit ye sair.'

'Stick yer heid in the lum, daddie, an Ah'll gie ye yer Christmas.'

Sae the faither gings tae the fireplace an lookit up the lum an doun intae his hauns cam the watch wi the gowd chain.

'Oh, Jinny, Jinny, ma doo, it's bonny. Ah've aye wantit a watch lik this yin.'

By this time the mither wis wonderin aboot her Christmas, an the voice spoke agin.

'Mammie, mammie, are ye there?'

'Aye, Jinny, ye ken Ah ne'er meant ye ony herm, it wis jist a wee bit temper. Hae ye got a Christmas fur me?'

'Aye, mammie, Ah hae yer Christmas. Stick yer heid in the lum.'

Sae the mither gings tae the fireplace an lookit up the lum. Doun cam the aix an chappit aff her heid wi wan stroke.

An Jeannie rins tae the milk white stanes in the yaird. An she lifts oot her sister's wee ring frae the pinkie bane. An doun flitterit the wee doo an Jeannie pit the ring ower the doo's fit. An she flutterit aff intae the sky.

But whan Jeanie cam back in, there wis her wee sister

Jinny sittin by the fire as weill an as real as the day she had been taen awa.

An aifter aa that, they had the best Christmas ivver they had. An they leevit happy from that dey, ne'er missin their crabbit mither or the wee magic doo.

But as for Jinny she ne'er let the ring aff her pinkie aa her born days. Sae that's the tale o Jeannie an Jinny, an the White Doo.

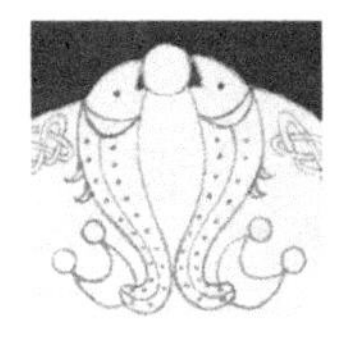

Johnnie an the Mermaid

NOO JOHNNIE WIS a crofter wha warkit his wee piece o laun by the sea. Yin day Johnnie gings doun tae the shore tae see whit the tide had left oan the beach. As he walkit alang he heard singin frae ahint the rocks. He peepit ower an there wis a mermaid kaiming her lang gowden hair.

Wioot a moment's thocht, Johnnie swore he wad coort her, an it cost him his life.

Sae he creepit ahint her, lowped forrit, an kissit her oan the lips. She flang him aff ontae the rocks wi yin flip o her mermaid's tail. An neist she dove intae the waves.

Johnnie lay oan the rocks wi his back smertin. Wha had e'er laid him oot this wey afore? Naebody. Then he spied the mermaid's kaim atween his feet.

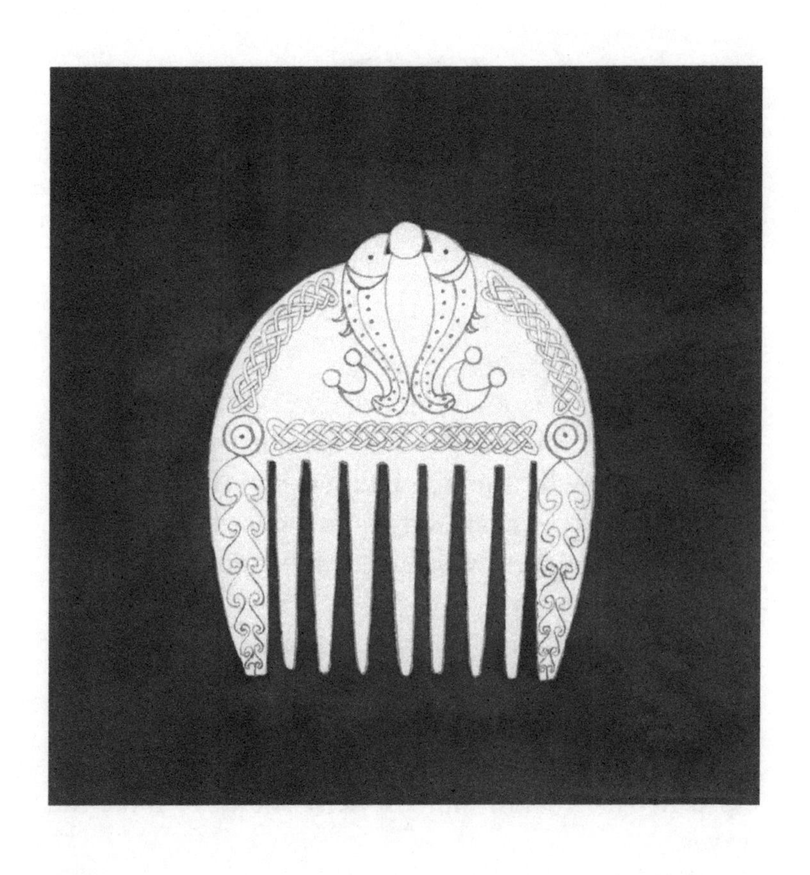

'Gie me ma kaim,' she cries, frae the sea.

'Na, na, ma lass, ye'll cam an bide wi me oan the laun.'

'Ah couldna thole yer rain an snaw,' she says, 'an yer smoky hearth wad wither me aathegither. But an ye should cam wi me, Ah'll mak ye a King o the Fin Folk aneath the sea.'

'Ye canna beguile me,' says Johnnie. 'Ah hae a croft wi twa fields, coos an sheep, an muckle gear besides. Gin ye bide wi me ye'll be mistress o it aa.'

But the Fin Folk waur swimming aboot her, sae she gaes back oot tae sea wi her ain kin.

As for Johnnie, he gings hame wi the kaim. An aifter a while he askit a wise wumman aboot the Fin Folk. An she tells him, 'Ainly a fule wud faa in luve wi a mermaid, but if ye want tae hae her, ye maun haud her kaim ticht.'

Yin morn, the sun wis shinin intae the croft hoose, an Johnnie rousit frae his sleepin. An sittin at the fute o his bed wis the mermaid.

'Whaur have ye hidden ma kaim?' she demandit.

'Ah'll no gie ye the kaim,' says he, 'but ye bide wi me an be ma wife.'

'Weill,' says she, 'Ah'll stey wi ye oan the laun seiven year, gin at the hinnerend ye'll cam tae me an ma kin aneath the sea.'

An Johnnie swore tae keep the bargain. An she an Johnnie waur mairriet oan the laun, though she stuffit her lugs agin the priest's prayers.

Seiven lang years she bidit oan the laun wi Johnnie, an she bakit the best o breid an brewit the best o ale, an she bore seiven bairns besides. She wis the best o mithers an aathing in her hame wis merry as a blythe Yuletide.

Aye but the seiven years dwinit awa, an the faimily kenned they had a lang voyage tae gang. Johnnie wis fair intae hissel an ne'er spak a wurd.

An the wumman luikit faur an didna see whit wis richt afore her een.

Noo on the eve o the seiven years' term, yin o the bairns, the youngest, wis sleepin at his graunmither's hoose. An the auld wumman kenned somethin uncanny wis aboot tae happen, sae she twistit a cross oot o wire frae the shed, heatit it in the fire, an lays it in the wee yin's cradle.

The neist morn, Johnnie's wife walkit doun tae the shore wi her six bairns, an she sends up tae Johnnie's mither's hoose for the last.

But nae man could shift the cradle; it wis stuck fast. Sae she gangs up hersel but she couldna budge it. She flang aff the bairn's blanket an grippit the wee body, but a pain lik fire rins up her airms an she has tae lat him drap.

An she rins back tae the beach an she an Johnnie pushit the boatie oot intae the waves.The mermaid's heid wis hingin doun, an the saut tears streamit ower her cheeks, an the folk oan the beach heard her wails an lamentin, 'Aloor, aloor fur ma bonnie wee bairn. Aloor, aloor, Ah maun leave ma bairn tae dee oan the dry laun.'

But e'en as she grat, the Fin Folk swam aroun an poued the boatie oot tae the saut sea. An Johnnie wis faur intae hissel an ne'er spak a wurd. Awa went the boatie, an naebody saw Johnnie or the mermaid or the six bonnie bairns oan laun again.

An whit o the last bairn? He grew up tae the life o the sea, an wis ainly happy in a boat bobbin aboot oan the waves, whaur his ain dear yins waur bidin in the daurk deep.

Bride an Angus

WHAN WINTER CAMS ower the laun wi drivin rain an snaw, the auld Cailleach is Queen o aathing. She staps plants growin an maks aa the beasties o the yird cauld an hungert. But warst o aa she locks her ain dochter, Bride, in the mountain, an shuts ticht the yetts o stane. It's a sair fecht, ma friens, fir the haill kintra.

Hoosoever, ilka day she sends Bride oot tae wash a mankie aul sheepskin in the burn. But the water's frozen an the lassie cannae get the dirty fleece clean. Sae whan she wins back tae the mountain the Cailleach tells her she's guid fur naethin an a waste o space.

Noo, yin day Bride gane oot an she's stoopit ower the burn wi her fingers chappit, scrubbin at the fleece. An auld man wi a lang white beard cam by.

'Whit are ye daein, lass?' he says.

'Ah'm washin this fleece,' says Bride, 'but it's ower cauld an mankie.'

'See,' says the auld fella, 'gie that tae me.' An wi thrie quick flicks o the wrist an dips in the burn, the fleece is pure an clean as fresh snaw.

'Noo,' says the auld man, 'gang back tae yer mither an tell her that the cress an moss are green at the burnside, mither duck is sittin warm oan her eggs, an the snawdraps hae begun tae flooer.'

'Aye, I will,' says Bride, thinkin her mither micht nae be ower pleasit at the news. Fur, you see, the auld man wis the Dagda, Faither Time hissel.

Richt eneuch, whan she wins hame wi the white fleece an her news, the Cailleach sterts ragin an she clangit the yetts o the mountain shut oan Bride.

Than oot she gangs wi her muckle hammers tae beat the rocks an caa oot the winds an storms. An she flings aboot her huge shawlie tae swirl up lochs an oceans. There will be nae Spring comin, no if she has onything tae dae wi the maitter.

Noo at this time faur oot tae the west, young Angus is dreamin o a lassie wi hair black lik the raven, white cheeks an lips as reid as the haws. He canna stop thinkin aboot this lassie of his dreams.

Sae wi his ain reid cloak, his gowden hair kaimed

back, an mountit oan a white horse, he rides ower the waves towards the bens o Scotlan.

But the Cailleach sees him comin across the sky lik a risin sun. An she kens whit he's aifter, nae dout o that. Sae she caas oot aa the furies o storm, wind, hail an thunner tae drive him back tae the islands o the west.

But the neist day, Angus rides oot, an the neist, an the neist, an ilka time he cams closer tae the laun. The Cailleach is ragin but there's naethin mair she kin dae.

Aa o a sudden the yetts o the mountain swingit open, an Bride walks oot intae the fields an woods. An green leaves are uncurlin, an buds burtsin intae white blossom, an yella primroses are aneath her feet.

An Angus cam dawdlin through the trees tae meet her.

'Ah saw ye in ma dreams,' says he.

'Aye,' says Bride, 'an Ah saw ye in ma dreams. Whit tuik ye sae lang?'

Onyroads they agreed tae mairry an in due course the people o peace cam ridin through the wood wi their white horses an jinglin siller bells tae celebrate the yokin o the spring an simmer, the laun an sea.

Yet whit o the auld Cailleach?

Whan she seen she wis beat, she rides awa oan wan o her wild shaggy goats tae the Isle o Skye, an she rests hersel there oan the michty mountains, watchin the snaws meltin awa. But her ain strength is dwinin awa, sae she taks a boat, a wee coracle, an pits oot tae sea.

An aifter a day an a nicht, the wee boat bobs ashore faur, faur oot tae the west oan the Isle whaur naebody graws auld. An wi her last braith, she drags hersel ashore an crawls tae the wal o the water o life, an pits thrie draps o water intae her waistin mooth.

An then the Cailleach slippit intae a deep sleip as if deid. But she kens noo she wull cam aince mair the neist year as Bride. An fowk say this story will hae anither tellin, an the number o tellins will n'er end, an Ah trust it may be sae. Hoosoever, that's ma tale o Bride an Angus fur this time at leist.

The Twa Wee Merrie Men

AINCE THERE WIS a shoemaker wha bidit in the toun wi his wife. He wrocht weill at his trade but times were haurd sae folk werena able tae buy new shoon. Then he wisna able tae buy hide leather tae mak mair shoon tae sell.

By-an-by he had ainly eneuch leather left tae mak yin final pair o shoon. Sae he cut oot the shapes o the shoon an leaves them lyin oan his wark bench.

'That's the last o ma leather,' he says tae his wife, 'Ah dinna ken whit we'll dae neist. Mebbe we'll be oot oan the streets beggin.'

'Dinna tak oan sae,' says his wife, 'wha kens whit the morn may bring.' Yet though she wis tryin to cheer her man up she wis sair worriet herself.

Hoosoever, aff they went tae bed an they sleepit

soun fur aa that, which is oftentimes the wey o it. But the neist morn the shoemaker gings tae his bench an sees no his leather pieces but a pair o shoon aa finely stitchit.

'Wife,' he says, 'wha hae dune this?'

'Ah dinna ken,' says she, 'an it wisnae me fir Ah canna sew neat stitches lik yon.'

Noo, the shoemaker pits the new pair o shoon in the windae. An by-an-by alang comes a rich merchant. An he sees the shoon an comes ben tae try them fur size. They fittit as neat as anither skin. The rich merchant wis fair chuffed wi the artistry o thae shoon, an he peyed thrie times the price o askin.

Sae the shoemaker wis able tae buy eneuch leather fir thrie pair o shoon an buy breid an ale besides. An he cuts oot the patterns an sets oot the pieces reidy tae sew up the neist morn. An awa gangs he an the wife tae bed, an they sleipit soun aa nicht.

Weill, the neist mornin they baith heidit for the wark bench, an whit wis there but thrie pair o shoon made up, aa wi the same perfect wee stitchin. An afore the day wis oot, aa three pairs waur sold tae folk fur a high price.

An aa this wis but the stert o their guid fortunes fur it happenit agin an agin. They left oot the pieces o leather an by mornin they had the best shoon the toun had ivver seen tae sell. Wurd spread an folk cam frae faur an nearhaun tae try oot the shoon. An aince tried, the folk couldna help but buy at leist yin pair.

Noo the shoemaker an his wife waur gaitherin mair an mair siller, an leevin easier an easier. Aifter a whilie they sometimes left oot the leather wioot cutting the pieces tae shape. But there wis nae difference in the ootcome – jist mair an mair perfect shoon that aabody ettlit tae buy.

Noo, as ye micht imagine, the man an his wife waur fell curious aboot wha wis makin the shoon. They tried to stey awake but aye dovered aff an ne'er spied a soul.

Sae ae winter nicht they decidit tae hide yin nicht in a press an watch ower the wark bench. An whan the toun clock struck twal they heard a scamperin an jinglin, an whan they keekit oot there waur twa wee men, wi wee bells oan their bonnets, dauncin roun oan tap o the bench.

They were raggitie dressit an had nae shoon tae their teeny feet.

'Wee merrie men we cam twa
Wi skeely hauns, an nimble fit
An daintie little fingertip,
Tae sew the skins, an mak shoon

The lik wis nivver in the toun,
Wee hidden folk in elven green
Ne'er by human een be seen.'

In the blink o an ee, they set tae wark cutting an sewin, clippin an nippin, buffin an brushin.

In nae time the bench wis laden doun wi perfect shoon. An the twa wee elves skippit awa as merrie as the nicht wis lang.

Weill, aa neist day an the yin aifter, the shoemaker an his wife talkit an talkit tane tae ither aboot the wee men, an hoo they micht reward them. An they stertit tae leave oot twa wee bowls o parritch an milk ilka nicht tae their supper.

The elves didna seem tae need gowd or siller but the wumman thocht they micht need new breeks an jaickets.

'It's near Christmas,' she says tae the shoemaker her husband, 'an they maun be awfie cauld in thae raggitie claes.'

'Verra guid, wife,' says the shoemaker, 'see whit ye kin dae.'

Weill, the wife set tae wark, cutting an sewin twa wee pairs o reid breeks an twa wee green jaickets. Neist wi twa peens she knittit twa wee woollie bonnets fir the bells tae hing frae. An last o aa she taks a penknife tae cut oot twa pair o teeny-weeny shoon, baith wi

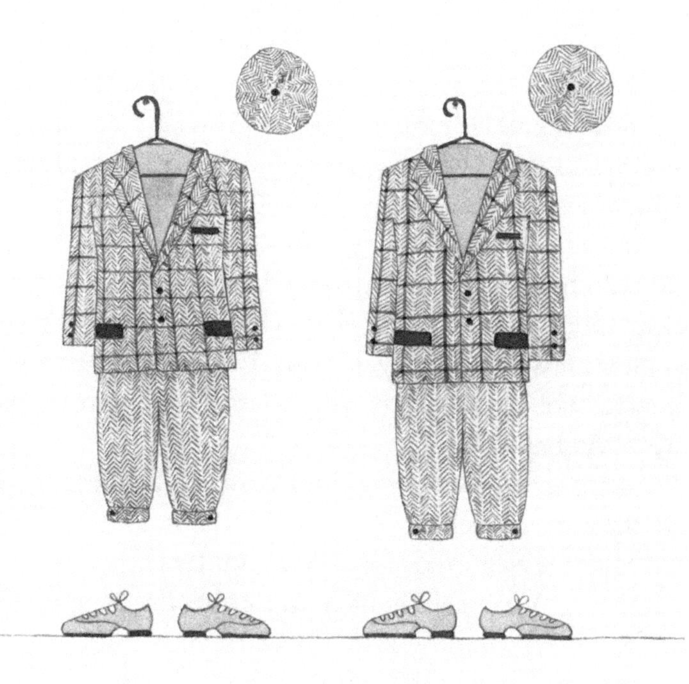

tane reid fit an tother green. It wis a graun job she did, warkin day an nicht.

When she wis dune it wis Christmas Eve. Sae aifter sellin aa the shoon lik ilka ither day an shuttin his shop, the shoemaker reddit up the wark bench.

An his wife sets oot the twa wee pairs o reid breeks, an the twa wee green jaickets. An alangside she sets the twa wee new bonnets forbye. An last o aa cam the twa pair o teeny-weeny shoon, baith wi tane reid fit an tither green.

An they ate their supper an settlit doun in the press tae watch whit micht happen. An by-an-by whan the toun clock struck twal they heard a scamperin an jinglin, an whan they keekit oot, there wis the twa wee men wi wee bells oan their bonnets, dauncin roun oan tap o the bench.

As afore, they were raggitie dressit an had nae shoon tae their teeny feet:

'Wee merrie men we cam twa
Wi skeely hauns, an nimble fit
An daintie little fingertip,
Tae sew the skins, an mak shoon
The lik wis nivver in the toun,
Wee hidden folk in elven green
Ne'er by human een be seen.'

Nou whan they spied the claes an shoon they skirled an screamit in delicht. An they poued oan the wee reid breeks an the green jaickets.

Neist they pit jinglin bells oan their new bonnets an set them oan ther heids lik crouns – they waur that fou o theirsels. An last o aa they slippit their bare feet intae the shoon, tane green an tither reid.

Than they mairchit up an doun the bench swankin an crawin at their new claes:

'Wee merrie men we cam twa
Wi skeely hauns, an nimble fit
An daintie little fingertip,
Tae sew the skins, an mak shoon
The lik wis nivver in the toun,
Wee hidden folk in elven green
Ne'er by human een be seen.
But nou wersels are dressit braw
Oor wark is dune an we're awa.'

An the twa wee elves skippit awa oot the door as merrie as the nicht wis lang.

An whan the shoemaker an his wife cam oot frae their hidey-hole in the press, aa that wis left o the elves' auld claes wis a wheen o deid leaves blawin in the draught.

Frae that day, the twa wee men we'er ne'er seen or heard o agin in the shoemaker's hoose. He went back tae makin his ain shoon, but his trade wis weill set up an his fingers appearit mair skeely an nimble than afore.

But till the end o their days, ilka Christmas Eve, the shoemaker an his wife aye set oot new claes an shoon fir the elves on the bench. An aside the fire they aye set twa wee bowls o parritch an milk fir the wee mens' supper.

As we aa should ken, the wee folk mind those wha luik oot fir them.

Mallie an the Peats

There wis a young wumman aince caad Mallie an her man gane awa tae the fishin. An he didna win hame. An the pair lass wis left wi thrie bairns, an aa she had tae feed hersel an the bairns thru the winter wis a kist o meal an a cask of saut herrin.

Hoosoever, she wis a braw canty wumman an she hopit that whan the winter wis ower wi, she cud wark her wee croft an get by. But wae an alack, the winter cam in fell cauld an lang. The grund wis frozen haurd, an the meal kist an the cask o herrin waur near dune, wi nae sign o ony snawdraps.

'That's the last, the verra last scrapins o this meal kist,' says Mallie tae hersel, 'it's mair stour than meal. Whit kin o parritch will it mak? As fur the barrel, there's mair saut an brine than herrin. Barely eneuch tae saut a pot o bylin water an caa it broth.'

Sae Mallie sets doun by her ain hearth tae greet. 'Whit kin I dae? Hoo wull I feed ma bairns?' Nane ither fur it, she thocht, but tae gang an beg help frae ma neibours.

Neist thing the bairns cam ben frae joukin in the snaw. They were cauld an speirin fur their tea.

'We're stervin, Mammie.'

'Aye, whit's for tea?'

'I'm jist bylin parritch.'

'Nae, parritch, agin, Mammie. Is there no ony cream?'

'Noo, sit doun by the fire an content yersels. At least we hae peats to keep oorsels warm. I'll tell ye a story an by the time we hae dune the parritch'll be ready.'

'Tell us the yin aboot Rashiecoats – tell us it aince mair, Mammie.'

'Weill, aince there wis a King's dochter – a Princess – an the lassie's mither wis deid.'

'Lik oor faither.'

'Aye, onyroads, the King wantit his dochter tae mairry. But she didna lik the man… –'

An a chap soondit at the door, whit wisna usual since fowk in these pairts jist cam ben wioot chappin, syne aabody kent aabody. Sae Mallie gings tae the door an staunin ootbye wis a wee man in daurk raggitie claes.

'Guid e'en tae you, leddy o the hoose,' says the wee mannie, verra formal lik.

'An guid e'en tae ye,' says Mallie, 'an weilcum tae ma hearth.' An she steps aside tae lat the wee man intae the fire, fur sooth tae tell, he luikit cauld an puggled.

'Thank ye, mistress fur yer kindness. It's cauld the nicht. That's a rare fire, an thrie braw bairnies.' An he hunkered doun neist the wee yins.

'Hae ye walkit faur the day?' spiers Mallie.

'Aye, a fair step, mistress.'

'Will ye bide here the nicht, an weilcum?'

'I wud be richt content tae sleep by yer fire, if its nae bother tae ye, leddy.'

'Nae trouble at aa,' says Mallie, 'but ye'll be hungerit. We hae na muckle tae gie – jist a pot o gruel. But whate'er we hae is tae share.'

'Thank ye, kindly, mistress.'

Noo, Mallie wis sair troublit at haein nae meal tae feed the stranger mannie, sae she caas oot the auldest laddie.

'Gae alang the street noo,' she says tae the boy, 'an chap, mind ye'll hae tae chap, at Maggie's hoose.'

'But Mammie, auld Maggies's a witch.'

'Mind yer tongue. Say we hae a hungerit stranger here – an auld man – an kin she len us somethin tae his supper, a tin o mait, a piece of bacon, or a smokit haddie maybe. She has plenty stowit awa, an ainly hersel tae feed.'

'An her cat, Mam! I've seen auld Maggie open her larder door tae feed the cat – it's stuffit fou wi mait an meal an cheese an aathing!'

'Onyroads,' says Mallie, 'speir nicely, an mind an tell Maggie aboot the stranger.'

Sae aff the laddie gings.

Noo, alang by in Maggie's hoose, the auld wumman wis shapin up tae feed her cat.

'What wull we hae tae oor supper the nicht, dearie? Twa chicken breists, or a hunk o juicy ham, or thrie smokit haddies, ma bairnie? Aye this winter's nae bother tae us. Ach, wha's yon chappin at the door? Bide a wee, ma pet, an I'll chase them awa.'

Sae the auld wumman hirplit tae the door.

'Whit do you want, laddie? An auld stranger at yer mither's hoose? Naa, I've naethin fur filthy auld tramps. Stervin are ye? Weill, Mallie suld hae thocht better than mairryin a sailor. An ye've been keekin in ma larder? Aff ye gang, ye leein wee deil. Awa noo, an leave a pair auld wumman in peace. Lat yer mither Mallie share whit she has, an mair fule her.' An she slammit the door in the bairn's face, an steekit it.

Sae that nicht, Mallie gies the stranger mannie an the bairns the last o her meal, an thin gruel it wis tae be sure. An in the morn, the pair wumman wis at her wits' end.

'A few sups o thin parritch – it's nae eneuch fur growin bairns. An noo hauf a cup o saltit brine warmit at the fire – that's all they'll eat the day. Goad help us, fur Ah'm by wi it aa.'

Jist then, the auld mannie cam ben wi a creel o peats fur the fire. An he sees the cup o saut brine.

'Is this aa ye hae tae feed yersel an the bairns, Mallie?'

'Aye, it is. You see, my man was loast at sea, an this haurd winter has been the feenish o us. But, luik, I hae sauvit this brine frae the herring cask. We hae plenty o peats an ye'll no gang cauld the morn.'

'Thank you, Mallie, but I maun be awa oan ma road. Ah hae brocht ye these peats. Noo fare ye weill, an may better days be upon ye soon. Ah'll no forget yer kindness tae me an ma folk.'

An wioot anither wurd, the auld raggitie man wis oot the door an awa. An whan the bairnies rose frae their beds, Mallie wis pilin the peats he had brocht ontae the fire.

'Haund me a peat, bairns, till I build up this fire an warm the brine.'

An the auldest laddie haundit his mither a peat an she

braks it in twa tae set it oan the fire, whan somethin faas oot ontae the flair wi a clink.

'Whit's yon?'

'It's aa shiny an gowden, Mam.'

'Gie it here, laddie. Losh but it's a gowden coin, a haill gowden guinea. I'm no seein richt.'

'Is it treisur, Mam?'

An Mallie brak oot anither peat, an anither, an anither, an in ilka peat she fun a gowden coin.

'Oh its nae treisur, bairn, it'a meeracle.'

An she burst oot greetin, an lauchin aa at the yin time. An the bairnies wis clappin their hauns an jiggin roun the fire lik a pack o wee dementit fairy folk.

An that wis the feenish o Mallie's troubles, fur the winter onyroads. Ilka peat that the auld mannie had brocht intae the hoose gied her a coin, an the bairnies were weill providit. Wha wis thon wee mannie – a trow – yin o the fairy fowk? She didna ken. Aiblins he wis an aingel in hidin. Hoosoever, he wrocht guid, an she blessit him ilka morn an nicht.

Noo auld Maggie heard aboot this turnaboot in Maggie's luck, an she wantit some o the lassie's weillfarin fur herself – an she wisnae aboot tae ask.

'They hae routh o mait, dearie, chicken an fish an a muckle cloutie dumplin. Aye, pet, an dae ye ken whit she's pit in yon dumplin – gowden guineas – treisur. We hae chicken, precious, an meat an fish, an puddins, but we dinnae hae ony gowd, just maukit aul pund notes unner the bed. So where did Mallie get gowden guineas frae, dearie? No frae her man, fur he's at the bottom o the sea whaur the sharks hae pickit his banes clean. Na, she goat those gowden coins frae her magic peats, sae we hae visitit her peat stack, fur we dinnae hae ony magic peats. No till the nicht, that is. Sae we'll jist brak yin oot, fur aifter aa's said an dune, gowden guineas are wastit on yon Mallie an her dirty wee bairns.'

An auld Maggie braks open open the first peat but in place o a clink o coin, a sleekit moose shimmies oot.

'Aagh, it's a moose! Quick, dearie, kill it! I'll brak oot anither peat.'

But oot lowpit anither moose, an anither, an anither, an anither. Nae a gowden coin tae be seen. In the blink o an ee a hail pack o e wee moosies waur rinnin tae the larder. Up the shelves they sclimmit an stertit tae nibble an gnaw at aa Maggie's dainties.

Noo the peats waur brakin in bits by theirsels, an mair an mair moosies shot oot. The cat wis fair dumfounerit an didna ken whit wey tae turn. Maggie grabs a besom an sterts tae crack their wee heids, but she canna keep up wi the routh o new moosies lowpin intae the larder.

Aathing wis disappearin intae their mooths an wames. Sae she cracks the cat oan the heid an lays it oot senseless. The she sat doun an grat wersh scaldin tears.

Afore the day wis oot, Maggie's hoose wis strippit bare. Nae a crumb had the moosies left. They waur stertin in oan the curtains an the bed claes neist. Sae alang she gaes to Mallie's hoose tae beg fur help.

'Whit's wrang wi yer cat then?' speirit the auldest laddie.

'Did you pit thae mooses in ma hoose, boy?'

'Sit quiet noo, Maggie,' says Mallie, 'an I'll warm some broth fur ye. The kettle's bylin fur tea. As lang as we hae eneuch ye'll no want this winter. Noo aff wi ye, bairns, an play ootside a whilie.'

'Weill, that's very civil of you, I'm sure, Mallie,' says auld Maggie, tryin tae soond thankfou.

'We canna aye choose wha chaps at oor door,' says Mallie, 'but we kin aye choose to tak them ben.'

'Is yon tea maskit yet?'

'Jist comin, Maggie, it's jist comin the noo.'

Herd Laddie

THERE WIS A laddie aince wha wis hirit oot tae be a shepherd. Noo at Yule his maister wis fur gingin awa tae the Yule Fair. Weill, laddie,' he says tae the young herd afore leavin oan Christmas Eve, 'gin the snaw sterts, bring doun the sheep intae the law fauld. An tak tent. Lose but yin an ye'll ne'er wark tae a shepherd agin. Mind, Ah'll mak siccar, chiel, sae dinna play the fule.'

An aff gings the maister tae be merrie an drink his Yule at the toun wi his friens.

Aweill, the laddie wisna scunnert. Naw, he wis cosy in the bothy wi his supper, a bowl o gruel warmin, by the fire. The nicht wis cauld but nae stormy. Yet afore tastin the gruel, he turnit hissel oot tae luik ower the sheep oan the hill.

He wisna faur up whan the snaw begins tae faa

saftly frae a daurk sky. Neist the wund whups up, an the snaw wis blawin thru it mair strang than ivver.

'Ah'll hae tae bring the sheep doun,' says the laddie, an he sterts tae gaither the beastis thegither tae drive them doun tae whaur they wuld be safe. An he maun criss-cross the slopes an gullies till he has them aa in train.

Sae doun he drove the vaguin sheep, an they waur nae blate tae cam doun oot o the freezin snaw an wund. An he gaithers them aa intae the fauld an begins tae coont. Wan short. Sae he coonts agin. Nae mistake there wis yin yowe missin.

Sae back up the hill the laddie gings huntin the missin yowe. But culd he find hair nor hide o the beast? An the snaw wis comin doun thick an steady an the wund wis pilin it high agin the dykes an trees.

The laddie coulna bide ower lang in the storm an back he comes wringin his hauns an lamentin whit micht happen gin he didna find the loast sheep.

Intae the bothy he gangs an wunners whit he kin dae. An aye his maister's threat wis dingin in his lugs. Than he mindit oan a sayin o his grannie, deid lang syne, that gin ye left a gift at St Ringan's Wal, the Sanct micht gie ye a helpin haun.

Weill the wal wis near haun, an the laddie taks his bowl o gruel an rin tae the wal an pits doun his bowl

o gruel by the stane edge. An he watches, an shivers in the cauld but naethin daein.

An he's jist aboot tae turn awa whan an auld tramp man, gey tall, but dressit in rags appears frae the trees an crossit tae the wal. He picks up the gruel an hauns it intae his hungert mooth. Neist he luiks roun an spies the laddie.

'Aweill,' he says 'hae ye tint yer sheep?'

'Aye,' says the lad, 'Ah hae, yin o ma maister's best yowes.'

'Dinna fret, laddie,' says the auld man, 'yer yowe's taiglit in the high gully aneath a gorse bush.'

'Nae, she's no,' says the laddie, speakin back, 'Ah hae luikit there.'

'Awa wi ye, lad, there's nae time tae lose gin she'll be leevin. Folla alang in ma fit merks.'

An aff the auld fella gangs wi lang strides up the hill. An the laddie couldna barely keip up, but he pit his fit in the auld man's steps in the snaw.

He disnae stap nor stert but gangs straucht tae the gully an there richt eneuch is the yowe tanglit in the thorny gorse bushes.

An thegither they loosit the pair sheep, but she wis dwaiblie an faur gane. She jist lay doun in the snaw shiverin an hoastin fit tae die. It wis an unco sicht.

'Hoo kin I win her hame?' says the laddie, 'she's aa dune in.'

'See' laddie, an I'll swing her up oan ma shouders.'

'She's a deid wecht,' says the lad, 'ye canna caiiry a muckle beast lik yon.'

But wioot mair ado, the auld fella taks the yowe by the cuff o its neck in yin haun an its rump in tither, an he swings her ower his heid an oantae his shouders.

An noo he's awa stridin doun the hill, wi the laddie trailin ahint pittin his fit intae the auld yin's fit merks. An whan they cam tae the bothy he swings the sheep an lowers her gently ontae the grund afore the fire.

An the laddie rubbit her wi strae an wrappit an auld plaid roun her. An in a whilie the pair beast wis breathin mair easy, an she taks a wee drap o warm milk frae a bottle in the laddie's haun. The yowe wis won hame, nae dout o it.

'Ah canna thank ye eneuch,' says the laddie tae the aul man, 'ye hae sauvit me as weill as the sheip. Noo, ye maun tak some supper an rest fir the storm's still wuddie.'

'Ah thank ye kindly,' says the auld raggitie man, 'but Ah maunna bide ony langer. They're expectin me the nicht faur frae here.'

'Ye canna heid oot the nicht,' says the laddie, 'whaur wull ye gang?'

'Aa the wey tae Bethlehem,' says the auld man, an there wis a kinna faur licht in his een.

An wioot anither wurd, the auld man turnt an gaed oot o the bothy. Sae the herd laddie rins tae the door, an the raggitie auld fella's stridin ower the clearin past the wal an intae the wood ayont.

Fit aifter fit he gings ower the snaw, an vanishit awa. An the herd laddie luikit whaur he had steppit. He hadna left a single merk ahint him in the snaw.

People o Peace

AINCE IN SCOTLAN there wis a bonnie bay, atween twa heids o rock, luikin oot tae the sea. There wis a graun sandy beach forbye, an abune it wis a row o wee cottages. Stuck in the saunds wis the banes o an auld boat, washit ashore lang syne. An ahint the beach waur green fields, fou o coos an sheep, an ahint them the hills – but fir yin wee hill that stude oan the ferm richt by the beach.

Noo there bidit in yin o the wee cottages an auld sea captain. Aince he had traivellit the seiven seas, but noo he bidit at hame an watchit the muckle ships sailin by. He wis a merrie, weill-likit aul fella, an aabody kenned him as 'the Cap'n'.

Hoosoever, yin day the Cap'n wis strollin alang the shore whan he sees the fermer's loons hackin an diggin at the wee hill abune the beach.

'Whit are ye daein?' he speirit the chiels.

'It's the fermer,' they says tae the Cap'n, 'he's wantin tae clear the grund an mak it pairt o his field.'

'For sic a wee puckle o laun?' says the Cap'n.

An the loons luikit doun shamefacit at the ticht-fistedness o their maister the fermer.

'An that's no aa,' says the laddie wha wis the orra loon, 'yon's the wee folks' hill. Nae guid'll cam o knockin it doun.' An he luikit roun tae see wha wis listenin, 'it's a fairy hill,' he whisperit.

'Havers,' says the ither men, an they stertit back in hackin an diggin, sae the Cap'n gings oan wi his daunner.

Noo, that verra nicht, aifter his supper, the Cap'n wis tampin his pipe fir a smoke, an takin a wee dram, as wis his custom. An he hadna pit the pipe tae his mooth whan there wis a chappin at the door. Sae he gangs tae the door an luiks oot an around, fur it wis daurk.

He couldna see wha had chappit till he luikit doun an here's a wee man oan the threshold, nae mair than three fit high.

'Gude e'en tae ye, sir,' says the Cap'n.'

'An tae ye, Cap'n' says the wee fella luikin up, 'but its nae a guid e'en fur us, syne we're needin some help.'

'Frae me?' says the Cap'n wha wis noo wunnerin aathegither wha the wee man micht be.

'Aye weill,' says the wee man wha had a lang beard an a feather in his bonnet, 'yon skinflint o a fermer has knockit doun oor hoose, sae we need ye tae tak us tae the isle.'

'Whit isle?' speirit the Cap'n.

'I – the isle o I, as ye micht ken,' an the wee fella spak it lik 'ee'.

Noo the Cap'n wis fair dumfounert. Fur wan thing he didna ken ony island o 'I'. An fur anither he had nae ship tae sail tae only isle.

'Hoo mony are ye?' askit the Cap'n, 'fir ye kin bide here the nicht an weilcum if it's ony help tae ye.'

The wee man oan the threshold ne'er spoke a wurd but he pointit towards the beach, an as his een grew yaised tae the dark the Cap'n could see a haill thrang o wee folk. They waur aa cairryin bundles o pots an pans, sheets an blankets an aa kin o thing oan their backs an heids. There waur men an wee weemen, an bairnies staunin aroun glum an oot o sorts. He couldna coont the thrang.

'Aye, Ah see noo,' the Cap'n says, 'An Ah wud lik tae help ye, but Ah dinna hae a boat tae ma name.'

'That's nae a problem, if ye fetch yer jaicket,' says the wee man, an he sterts tae pou the Cap'n tae the shore tuggin at his breeks as he gangs.

An staunin oan the beach the Cap'n couldna credit the sicht o his ain een. Fir as he stuid amidst the wee people, yon banes o an auld boatie, wha wis wreckit lang syne, wis growin oot o the saun. An the sides waur back oan the ship, neist the deck timmers, an then the mast an e'en the cross spars fur the sails. An as he gawpit, the wee weemen flappit their dish clouts an they turnit intae sails, blawin in the breeze.

'Aa aboard,' cryit the wee man, as the haill crew pit their wee shouders tae the wark, an pushit the bonnie new boatie intae the sea. 'Aa aboard noo, fir the Cap'n's ready tae sail.'

An as he stude at the wheel, aa the wee folk scramblit an tumblit intae the ship till it wis bobbin oot in the bay fou o folk. The Cap'n wis fair chuffed tae be in chairge o a ship yince mair, an he set course oot o the bay an turnit fur the open sea.

'Whaur is the island o I,' he speired the wee man wi the lang beard an the bonnet wi a feather. 'Dinna fret, Cap'n,' says the wee fella, 'the boatie kens the wey. Jist pit yer haun tae the wheel an haud her steady. Wi dinna ken the richt wey o it.'

An richt eneuch wioot ony bother the ship turnit nor' nor west an the wund swelled fou the sails which

waur lik a paitchwark o dish clouts. An the Cap'n's boat wis fleein through the daurk lik a solan goose wingin hame.

An as the Cap'n stude haudin the wheel steady he kent by the stars whaur they waur heidit. An he mindit that 'I' wis the auld name fir Columba's Isle – Iona.

An as that verra thocht cam intae the Cap'n's heid, in the blink o an ee, the boat wis heidin intae a bonnie bay atween twa rocky heids. An there wis a graun sandy beach, an ahint it the hills – but twa wee hills stude by the beach, tane oan the richt side an tither oan the left.

An as the Cap'n beachit the boat gently oan the saunds, the wee folk waur tumblin oot, an michty me, but wisna there anither host of wee people rinnin alang the beach tae rescue the straungers frae hairm or daunger.

'O friens, the fermer knockit doun oor bonny hame. We've nae mound left taa caa oor ain,' cryit the wee folk frae the boat. An they grat an dabbit their cheeks wi wee hankies.

'Dinna tak oan, dinna tak oan, bide here wi us. Fur we hae twa hames.' An the wee folk o the Isle o I pointit tae the twa hills abune the beach.

An whit a stramash an a clishmaclaiver wis there wi huggin, an dauncin an singin as the wee folk frae the boat cam aa throughtother wi the wee folk o I. An bit by bit they sortit theirsels oot an stertit tae cairry aa their bundles o pots an pans, an curtains an dish clouts up the beach tae their bonny new hame.

'Ah'll need tae get hame masel,' says the Cap'n, wha wis watchin ower aa the ongaeins fair contentit wi his pairt in the wark.

'Aye, Cap'n' says the wee man wi the lang beard an the bonnet wi the feather. 'Dinna fret as the boatie will see ye hame haill an herty. But here tak this kist fur yer trouble an dinna be openin it till ye win hame.'

'Nae bother,' says the Cap'n, takin a teeny wee box, 'but Ah need nae pey fur helpin oot. It's been a pleisur tae me, sae it has.'

'Weill an thank ye kindly, 'says the wee fella, 'but its jist a sma mindin o yer friens, a blessin frae the people o peace.'

An the Cap'n steerit awa staunin proodly at his wheel, an aa the wee folk gaitherit aince mair oan the beach tae wave him awa. In the blink o an ee, he wis back in the bay wi the row o wee hooses. The boatie ran hersel agrun an dwinit awa back intae the saund till it wis nae mair than stickie up banes o auld rottin timmer.

But the Cap'n wis aaready soun asleep in his bed. An the neist morn cam in fair, an the Cap'n walkit oot tae tak the air, but aathing wis as the day afore, richt doun tae the ugly scaur whaur the stingie fermer's men had dingit doun the mound abune the beach.

It wis as if the hail nicht's daeins has been ainly an auld sailor's dream. But then the Cap'n felt yon wee box in the pooch o his sea jaicket, an whan he openit the box it wis fou o gowden guineas, the auldfarant kind that sunk tae the bottom o the sea aifter some shipwrack in days lang syne.

An sooth tae tell, the Cap'n wis happy aa his days, fur the wee box wis ne'er toom, an the Cap'n aye had a pipe tae tamp an a wee dram tae his gless. As fur the skinflint fermer he wis aye miserable an girnin. Fir the wee bit o grund whaur he clearit the mound yieldit naethin but thorns an thistles aa his born days.

An as faur as Ah ken, the wee people o peace are bidin yet oan the isle o I, wi their twa hooses. An they aye gie their blessin tae ye, an shield the straunger frae hairm or daunger. An may it aye be sae wi us mortal folk an aa. Fur that's ma tale aa wound up till anither time, anither place.

Glossary of Scots Words an Phrases

Scots is a close cousin of English and often the sound or the appearance of the Scots gives an immediate clue to the meaning. The best thing is to enjoy the pattern an run of the story without worrying about individual words which you can check up on later.

aa: all
abune: above
ae: one
ah: I
ahint: behind
aloor: alas, woe
aneath: below
aik: oak
airn: iron
an: and; if
atween: between
auldfarrant: old fashioned
a wee thing: a bit, somewhat
ayont: beyond
aye: yes; always

bairn: child
begunk: outwit
best: get the better of
bide: stay, wait
bielin: furious
birse: temper
brae: slope
brak: break
breeks: trousers
but an ben: outside an inside

canny: careful, ordinary, not uncanny or eerie
canty: cheerful
chap: knock, rap (at door)
chaw: chew
chuffed: pleased
clishmaclaivers: gossip, animated talk
clouts: cloths, tea towels, rags
collop: slice of meat, burger
crabbit: cross, ill-tempered
crackin: chatting
creel: basket
cuddie: donkey
cuff: scruff of neck

dauner: stroll, wander
deil: devil
dicht: wipe, dab
ding: strike
dirk: dagger
dowie: sad
dumfounert: amazed
dwaiblie: weak, feeble
dwam: daze
dwine: pine, diminish
dyke: wall

ee/een: eye/eyes
eneuch: enough
ettle: aim, try

faa: fall
fair: (of weather) clear, bright
fecht: fight
fell: very, terribly
fit: foot
fleech: beg, persuade vigorously
florish: blossom
forbye: moreover, in addition
flyte: insult, abuse

gait: way, road
gammy-leggit: lame
gang/ging: go
gear: possessions, money
gey: very
gin: if
girnin: moaning, complaining
glamourie: magic, spells
gloamin: twilight
glumphin: moaning, grumping
gob: mouth, spit
gomeril: fool, useless person
gowd: gold
grat/greet: wept/weep
gruel: water an meal

hackit: ugly
haill: whole
haud yer wheesht: shut up
haun: hand
havers: blethers, nonsense
haws: rosehips
hirple: limp
hoast: cough

hoo's daein?: how are you doing?
howk up: dig, drag up
humpie-backit: bent backed
hurcheon: hedgehog

idjeet: idiot
ilka: each, every

kaim: comb
keek: look, peek
keepin the heid: staying calm, in control
ken: know
kin: can
kist: chest, box

laith: loath, unwilling
lat: let
limmer: wench
lintie: linnet, song bird
loon: fellow
lose the heid: lose control
lowp: leap
lug: ear
lum: chimney

mankie: filthy, disgusting
maukit: dirty
maun: must
mickle: (a) little (proverbial)
mind: remember, pay attention, watch over
moudiewart: mole
mockit: filthy
muckle: large, a lot

neb: nose
neist: next
nifty: nimble
nocht: nothing

orra loon: young unskilled worker
ower: over

peelie wallie: pale, poorly
peen: pin
peerie: small, little
pinny: apron
pooch: pocket
pou: pull
press: cupboard
puckle: (a) little

puddock: frog
puggled: tired

rax: reach
redd up: to tidy, clear up
reek: smoke, fire
rickle (a): a scattering
routh: plenty

sabbit: sobbed
sair: very; sore
sark: shirt
sauf: safe
saut: salt
scunnersome: very annoying, troubling
scunnered: fed up, disgusted
selkie: a seal person
shed: to comb from a parting
siller: silver
skirl: screech, yell
smidgin: small piece
snouk: snout
sooth: sure, true
souple: supple
spier: ask, enquire

spirtle: carved stirring stick
steek: close, fasten
stour: dust, dirt
strae: straw
stramash (stress on second syllable): fuss, disturbance
syne: since

ta: thank-you
taiglit: tangled
tak tent: take care
tak oan: get upset
tane… tither: one… the other
tapselteerie: upside down an mixed up
tattie bogle: scarecrow
thole: bear, suffer
thrang: busy
thrapple: throat
throughtother: mixed up, top side down
tint: lost
tod: fox
tootsies: toes

unco: very, terribly

vaguin: wandering

waistit: ruined, destroyed
wal: well
wallidreg: slovenly, untidy person
wame: stomach
warsle: work, struggle
waur: were; worse
wecht: weight
wersh: sour
wheen (a wheen o): a number of
wheesht: hush
wuddie: mad

yaised: used
yersel: yourself
yett: gate
yin: one
yince: once
yird: earth
yokit: married
yowe: ewe

Acknowledgements

Versions of most of the stories in this collection were published in the 19th century by Robert Chambers in *Popular Rhymes and Traditions of Scotland* which he expanded over several editions. In the 20th century, Hannah Aitken, and Norah and William Montgomerie, extend the range further in respectively *A Forgotten Heritage: Original Folk Tales of Lowland Scotland* and *The Well at the World's End: Folk Tales of Scotland*. The latter, like the audio archives of the School of Scottish Studies at Edinburgh University, cover Highland and Lowland sources.

However, all of my versions have been informed by the people I have heard telling the stories, and subsequently by experiencing them 'from the inside' by telling them myself. In particular here, 'Monday, Tuesday' comes from the version told by Willie McPhee, tinsmith and piper. My telling of 'The White Doo', which was the most widespread Scots tale of all in past times, picks up lots of inflections from Sheila Stewart who called her family's version 'Aipplie an Orangie'. 'Broonie o the Glen' is a version of a tale, 'the fairy midwife', which is known in many parts of Scotland and was famously used by JM Barrie to eerie effect in his *Farewell Miss Julie Logan*. But my telling here is informed by Duncan Williamson's Broonie tale which was well known amongst Argyllshire Travellers. You can find Duncan's fuller telling in *The Broonie, Silkie an Fairies* edited by Linda Williamson. 'Mallie an the Peats' is a classic Shetland tale which I first heard told by George Peterson, but more often by Lawrence Tulloch, who have done so much to keep the Shetland stories and their distinctive language alive. My version does not attempt to imitate their telling or the Shetland dialect. The last story here, 'People o Peace', was collected from Ewan McVicar who combined elements of different tales in this story, which he locates according to where he is telling it. I have not localised my versions except where essential, in the hope that people will imagine them in places familiar to them.

Finally, I would like to warmly thank Annalisa Salis for permission to use her suite of illustrations, which can be obtained in their own right from www.annalisasalis.com.

While thanking and acknowledging all above, and many other anonymous tellers, the Scots tellings here are a fresh version for which I have to take responsibility and any blame.

Donald Smith

Luath Press Limited

committed to publishing well written books worth reading

LUATH PRESS takes its name from Robert Burns, whose little collie Luath (*Gael.*, swift or nimble) tripped up Jean Armour at a wedding and gave him the chance to speak to the woman who was to be his wife and the abiding love of his life. Burns called one of the 'Twa Dogs' Luath after Cuchullin's hunting dog in Ossian's *Fingal*. Luath Press was established in 1981 in the heart of Burns country, and is now based a few steps up the road from Burns' first lodgings on Edinburgh's Royal Mile. Luath offers you distinctive writing with a hint of unexpected pleasures.

Most bookshops in the UK, the US, Canada, Australia, New Zealand and parts of Europe, either carry our books in stock or can order them for you. To order direct from us, please send a £sterling cheque, postal order, international money order or your credit card details (number, address of cardholder and expiry date) to us at the address below. Please add post and packing as follows: UK – £1.00 per delivery address; overseas surface mail – £2.50 per delivery address; overseas airmail – £3.50 for the first book to each delivery address, plus £1.00 for each additional book by airmail to the same address. If your order is a gift, we will happily enclose your card or message at no extra charge.

Luath Press Limited
543/2 Castlehill
The Royal Mile
Edinburgh EH1 2ND
Scotland
Telephone: +44 (0)131 225 4326 (24 hours)
email: sales@luath. co.uk
Website: www. luath.co.uk